ベニシアの「おいしい」が聴きたくて

梶山正 著
Special thanks Venetia

山と溪谷社

(上）比叡山の肩から顔を出す朝陽を眺める。センティッド・ゼラニウムやセージの鉢が並ぶ窓辺にて。(2010年7月）
(右)白いカシワバアジサイとクチナシ、ピンク色のユリに囲まれて初夏のワイン・ガーデンでスケッチするベニシア。(2015年6月)

（上）暖かい薪ストーブのそばで、ハーブをアレンジしたクリスマス・キャンドルを作る。（2009年11月）
（左）3月終わりから4月初めにかけて、チューリップや桜よりもまず先に、鮮やかな黄色の花で庭を彩るミモザ。（2009年3月）
（次頁）三千院の奥にある音無の滝あたりを散歩する。（2009年1月）

まえがき

太陽のパワーが年間を通して最も強い夏至の朝、ベニシアは安らかな顔をして天国へ旅立った。8年間におよぶ闘病生活だった。始めの頃は逃げ腰であった夫の僕も、だんだんとではあるが介護や看護に集中するようになった。彼女は望み通り、家族や親しい友人たちと一緒に最期を過ごせた。そして、大原の自宅からベニシアは旅立つことができた。

人生の終末へ向かう人を、ずっと見守り続けるのは容易ではなかった。でも、もう彼女は旅立った。もう終わったので、僕は肩の力を抜いてもいいはずなのに…。最期を過ごした部屋に、いまも生前と同じようにベニシアがいることが感じられる。そして無言のまま僕に訴えている。それが何か僕はわからず、ため息ばかりついていた。

彼女が歩んだ軌跡を残そう…、書いて残さなければ…、僕は押された。記憶が鮮明なうちにやらなくては。ベニシアのために。そして見守り続けてくれた家族や友人たちに。また、訪問診療の医師や看護師、ヘルパーの皆さんに感謝をこめて。伝えることは僕の義務。おそらく、知りたい人はもっとたくさんいるかもしれない。

その想いで、この本をあなたに贈りたい。

ベニシアの「おいしい」が聴きたくて
Special thanks Venetia

目次

まえがき —— 7

Chapter 1

ベニシアを介護しながら歩んだ最期のとき
失われゆく視力に不安を抱きながら生きるベニシアとの日々

ベニシア64歳 —— 10
ベニシア67歳 —— 12
ベニシア68歳 —— 17
ベニシア69歳 —— 24
ベニシア70歳 —— 29
ベニシア71歳 —— 64
ベニシア72歳 —— 117

Chapter 2

ベニシアの「おいしい」が聴きたくて僕は夢中で料理を作った
故郷の食べ物を囲んで、友人たちとわいわい語るのが好きだった

アイリッシュ・シチュー —— 134
シェパーズ・パイ —— 139
フィッシュ&チップス —— 143
魚介のパエリア —— 147
サモサ —— 150
サンデー・ロースト —— 154

あとがき —— 158

Chapter 1

ベニシアを介護しながら歩んだ最期のとき

失われゆく視力に不安を抱きながら生きるベニシアとの日々

【ベニシア64歳】２０１５年

目が見えにくくなり、不安な日々がつのるベニシア

２０１５年くらいから「目が見えない」とベニシアはしばしば口にするようになった。これまでずっとベニシアは目が良かったが、年齢を重ねるうちに視力が落ちてきたのかもしれない。彼女は64歳になっていた。

ベニシアはメガネ屋でメガネを作ってもらったがあまり見えないらしく、「あの店は腕が悪いかも」などと言う。そのうちいくつものメガネ屋をハシゴした。そのたびにメガネの数は増え続けたが、どれも全てが役立たずで、きちんと見えるメガネはまったくないと言う。僕はメガネ屋へ同行していなかったので、具体的な状況を理解していなかった。ベニシアは仕事や日常生活を手伝ってくれる家政婦の純子《すみこ》さんに週の半分ぐらい来て貰っていたので、僕は彼女に任せていたのだ。とはいえ、端から見てこれはメガネではなく、何か別の問題があるのかもしれないと僕は思い始めた。

そんなわけで病院の眼科で診察してもらうことにする。

庭で育てたハーブやフルーツを使ってさまざまな保存食を作った。在りし日のベニシア。

「白内障のようですね。治る薬はありません。手術すればもっと見えるようになるでしょう」と医者に言われた。白内障とは、目の中でレンズの働きをする水晶体が白く濁る病気である。歳をとると透明であった水晶体が白く濁っていき、視界がかすんだり、視力が低下するらしい。ベニシアはちゃんと見えるようになることを期待して、白内障の手術を受けることを決めた。手術して1週間くらいが過ぎた。

「よく見えるようになった？」と僕。「ほとんど何も変わらない。これじゃ手術した意味がない。もしかして、あの人はヤブ医者だったのかもしれない」とベニシア。日本語で医学的なことを説明されてもベニシアが理解するのは難しいということで、診察室に僕も同席した。眼科医によると、白内障の手術は問題なく済み、経過も順調であるという。

「もうしばらくすれば、よく見えるようになるのが通常です」

それからひと月ほど過ぎても「あまり見えない。手術したのに全然何も変わらない」とベニシアは言い続けた。それでセカンドオピニオンを求めるために、別の病院の眼科へ足を運んでみた。診察を終えた眼科医は、

「目はとてもきれいです。手術後の経過に問題はないようです。眼球はきれいですし、見えにくいのは目の問題ではないかもしれません。つまり神経に原因があるのかもしれません」

そして、脳神経内科へ行くように勧められた。

【ベニシア67歳】2018年7月
目が見えない原因はPCAだった

脳神経内科とは何をするところだろう？　もしかして僕は生まれて初めてこの名前を聞いたのかも。脳神経内科は、精神的な問題からではなく、脳や脊髄、神経、筋肉などに問題が起きて、身体が不自由になる病気を扱うところである。

そんな科がある病院は、おそらく大きな病院しかないだろう。いったい、どうすればいいのだろうか？

「いい内科病院の先生を私は知っていますよ。そこへ行ってみます？」と純子さん。純子さんに付き添われて受診し、鈴木診療所から戻ってきたベニシアは爽やかな表情をしていた。ベニシアに明るい希望が見えたのだろう。

「そこは夫婦の医者と2人の看護師、それに受付の人がいる小さな病院だった。夫が処方する薬がほんとに私に合うのかどうかを、最後は奥さんがO－リングテストをして決めていた」とベニシア。僕は不思議な病院だなと思った。

純子さんとふたりで大原名産の紫蘇でジュースを作る。

Ｏ－リングテストとは、患者が手の指で輪（Ｏ－リング）を作り、診断者は患者の指の輪を引っ張り、輪が離れる強さで診断する方法である。処方されてベニシアが持ち帰った薬を見ると、西洋薬と漢方薬のどちらもあった。またオリーブの葉やイチョウ葉エキスなどハーブの健康食品やバッチフラワーレメディー（心や感情のバランスを取り戻すための花療法）の小瓶なども購入していた。西洋医学だけではない、オルタナティブ医療も取り入れた病院なのだろう。

純子さんの子供は食物アレルギーがきつかったそうだ。そんな子育てで彼女は苦労を続けたおかげで、食べ物や医療について詳しくなったのだろう。ついつい僕はベニシアの健康や身体に関することを純子さんに任せてばかりいた。

「鈴木先生に聞かれたのですがどうしますか？」

ある日、僕は純子さんに尋ねられた。先生はベニシアの脳の検査をするべきだと言う。ＭＲＩ検査などは大きな病院でないとできないので、京大病院に検査の予約をするかどうかと聞かれた。じつはこの時点でも、僕はまだベニシアに伴って鈴木診療所に行っていない。純子さんに任せきっていた。事の重大さに気がついていなかったと思う。

２０１８年８月、ベニシアは京大病院に８日間入院して検査を受けた。医者はＰＣＡ（後部皮質萎縮症）と診断した。ＰＣＡとは、後頭葉（大脳のうしろの部分）の萎縮を来たす進行性の疾患である。後頭葉は視覚形成の中心を担うところだ。目が見えるということは、おそらく、目から得た情報を脳が理解することだと思う。ベニシアが見た視覚情報は神経を伝って後頭葉へ流れるが、萎縮したベニシアの後頭葉は、その情報を分析、認知することができない。それで見えないと思われる。

ＰＣＡはアルツハイマー病の一種である。現在、アルツハイマー病と同じくＰＣＡを治す薬や治療法はない。病気の進行速度を遅くする薬を飲み続けるしかないという。萎縮は後頭葉だけでなく脳の各所にも広がっていく。脳神経内科の待合室には多くの患者が待機していたが、そのほとんどがお年寄りであった。歳を取ると身体だけでなく脳や神経も衰える。脳神経内科はそういう病気を見るところだと僕は理解した。

【ベニシア67歳】2018年11月
介護サービスを受けるための必要な手続きに混乱の日々

京大病院の医者からベニシアはアルツハイマー病の一種であるPCA（後部皮質萎縮症）と言われた。とりあえず病名を知ることはできたが、これから何をしたらいいのだろう。「ひとりで悩むよりも、まずは専門家に教えてもらうのがいいと思います。大原の地域包括支援センターのケアマネージャーに連絡してみたら？」と知人がアドバイスをくれた。地域包括支援センターとは、住民の健康や生活の安定のため、地域住民を包括的に支援することを目的とした市町村による組織である。ケアマネージャー（介護支援専門員）とは介護が必要な人の話を聞いて、介護サービスを受けられるよう計画を作り、それがいい状態で継続していくように調整する専門職である。僕は忘れないうちに連絡してみた。

２０１８年11月上旬頃。電話した数日後に、地域包括支援センターのケアマネージャーが我が家を訪れた。そして僕はいくつか質問を受けた。

「ベニシアさんは介護保険に入っていますか？　要支援または要介護の審査を受けていま

大原を南北に流れる秋の高野川の岸辺で。

すか？　居宅サービスを希望しますか？　または施設に入ることを考えていますか？」

僕はそれらの質問に何ひとつ答えられなかった。介護に関わった経験がある人なら、きっと誰もが知っていることなのだろう。

介護保険とは、２０００年4月から開始された市区町村が運営する社会保険制度である。40歳以上の国民から保険料を徴収し、65歳以上で介護支援が必要と認定されたときに介護サービスを受けることができる。ベニシアは健康保険に入っているので、自動的に介護保険にも入っていたわけだ。

介護保険サービスを利用できる人は、65歳以上の介護保険加入者であり、また要支援（1〜2のランクあり）または要介護（1〜5のランクあり）の認定を受けた人に限られる。あるいは40〜64歳でも、特定疾病に該当する人は介護認定審査を受けることができる。

67歳のベニシアは介護保険サービスを受けられる年齢だが、まずは要支援または要介護の審査を受けて認定されなければならない。その手続きをケアマネージャーに頼んで進めて貰うことにした。それから2週間ほどすると役所の職員が我が家に来て、「どのくらい目が見えますか？　ひとりで歩けますか？」など、ベニシアの審査のためにいろいろと質問した。1ヶ月ほど過ぎた頃、要介護1に認定という通知を受け取った。

【ベニシア68歳】2019年2月
それでも東京の展示会でお客さんに感謝の挨拶

2019年2月末に、NHKエンタープライズ主催の『ベニシアさんの手づくり暮らし展』が開かれた。大原での生活の様子を見せるデパートでの展示会だ。我が家の室内や庭が、松屋銀座のイベントスクエアに再現されていた。当の住人であるベニシアと僕は、とても上手に再現されていたので、自分の家にいるような気持ちになった。オープン時刻に顔を出し、ベニシアは来られたお客さんたちに「ありがとう」と挨拶していた。思い返せばこのときは、週5回の訪問介護と看護を頼んでいたときである。東京へ行くのは不安だったが思いきったのだ。イベントの様子を直に見ることができて良かった。

デパートでの展示会会場で、お客さんたちに話すベニシア。

3月に入るとベニシアの妹ルルがアイルランドから遊びに来て、ベニシアと一緒に『猫のしっぽカエルの手』のロケに参加した。ルルはまったく日本語ができない。テレビスタッフが普通に日本語で話しかけても、彼女は動じることなく普通に英語で話していた。思えばルルはガーデニングが好きなだけでなく、イヌや豚や鶏など何匹もの動物を飼っていた。人間が使う言葉だけでなく、おそらく植物や動物とも話せるのだろう。相手の目を見て、表情や雰囲気などをくみ取り、コミュニケーションできるのだろう。ルルと一緒にいると英会話の下手な僕でさえ、うまく英語で会話している錯覚に陥る。おそらく、これはルルが持つ特別な才能のひとつなのだろう。

ルルが大原にいる間、僕は東北へ登山に行った。山岳雑誌の登山記事のために向かったが、それは仕事というよりも僕にとっては息抜きであった。続いて4月、5月と『ベニシアさんの手づくり暮らし展』が岡山、広島、大阪のデパートで開かれ、ベニシアは講演に招かれて行った。彼女は家でじっとしている性分ではない。

その頃ベニシアの仕事部屋兼寝室は2階にあった。だいぶ前に彼女と喧嘩したときから、僕は1階で寝起きしていた。その後、仲直りしたものの、家の中をあちこちと引っ越すのも面倒なので、そのままそこで生活していた。そんなある日、我が家を訪ねたある出版社の編集長がベニシアの部屋を見に行った。

「ベニシアさんが階段から落ちて、骨でも折ったらどうする…。梶山さんの責任だよ。歳を取ってから怪我すると動けなくなる。早く2階からベッドを降ろして、下で生活しないとダメですよ」と僕は言われた。じつは前から気になってはいたが、ベニシアのベッドはやたらと重いのだ。クッションだけで30kgもある。ベニシアは僕を別の部屋へ追いやったあと、いつの間にか買い換えた英国製ベッドで寝ていた。歳を取ると子供の頃に馴染んでいたものが恋しくなるのだろう。8月のよく晴れた朝、近所に暮らす友美《ともみ》さんが遊びに来た。ちょうど訪問介護の時間帯である。ベッドの移動を手伝ってもらおう。ヘルパーはキリンのように背が高い女性で、友美さんは兎のように小柄だ。違いすぎる背の高さが気になる。というのは2階から屋根を伝って庭にベッドを降ろす作戦でいたから、庭で受け取る2人の背の高さの差が気になった。屋根の上で足を滑らせないよう僕は裸足になった。ベッドの足が付いた木枠を持って、屋根の縁に立った。まだ10時前なのに、夏の強い日差しで瓦は焼けるように熱かった。木枠を庭ですでに受け取っているはずなのにキリンと兎はモタモタしている。「早く！　早く！　足の裏が熱くてたまらん」と叫ぶ僕。屋根の上で、僕の足の裏はミディアムくらいの焼け具合になっていた。こうして、床の間のある客間に、ベッドを移動させた。この日から僕たちが生活を営む場所はほぼ1階となった。

9月は京都、12月は仙台で『ベニシアさんの手づくり暮らし展』が開かれた。その後の予定もあったが、新型コロナウイルス感染症の拡大により中止となった。急に流行し始めたこの病気により、毎日の生活やこれからの予定がどんどん変えられていくのであった。

【ベニシア68歳】「人生の秋」を感じつつ2人で生きる 2019年11月

1996年に僕たち夫婦と息子の悠仁《ゆうじん》は、京都市内の借家から大原の古民家へ引っ越した。大原での23年間の暮らしの様子を綴った『ベニシアと正、人生の秋に』（風土社）を2019年に夫婦共著で世に発表した。6月に出版社編集部の宮下さんが大原の民宿に数日間泊まって、我が家に通って話をしながら、本作りのための様々な作業を進めた。本は秋に出す予定なので、悠長に過ごす暇はなかった。

ベニシアは日本語を上手に話すが、書くことはできない。それで彼女は原稿の内容を口述した。それを宮下さんが録音し、ベニシアの声から原稿を起こした。週5〜6日は午前中に1時間半と夕方30分間、ベニシアは訪問介護のヘルパーの世話になっている日常である。そんな中で、よく本が完成したものだと今になって思う。僕の原稿はすでに雑誌に連載したものをまとめる方針でいたので、新たに書く原稿は多くはなかった。

とはいえ、書きながらいろいろと考えさせられた。『ベニシアと正、人生の秋に』の夕

キャシーさん（一番左）と一緒にベニシアは、ロバート夫妻に会いに行った。

イトルどおり、僕たちは人生の秋にいることを実感した。結婚して約30年が流れ、人生の秋となった今ようやく、僕はこのベニシアという人物を正面から見ている。前は自分の仕事や好きな登山のことばかりを見ていた。今は目の前を見るべきときである。自分のことより、まずベニシアのことを考えなければならない。

＊

食材などを買いにスーパーへ行くときなど、僕はなるべくベニシアを連れ出そうと気を遣う。ベニシアは誰もいない家でひとり待つのは寂しいだろうし、外の空気を吸って気分転換もしたいことだろう。

「私も一緒に行きたい！」とベニシアは必ず言うのだ。スーパーの駐車場に着いて車から出たら、ずっとベニシアの手を引いて歩く。スーパーの中で、別の物を買おうと戻ったり、違う通路に進むことは困難である。急いでいるときなど、ベニシアを通路の真ん中に立たせて待って貰い、僕は買うべき物を取りに行く。待たせたところに急いで戻ると、途方にくれたようなベニシアが虚空を見つめたまま立っている。そんな彼女を見て悪かったと思い、泣きそうな気分になる。再び彼女の手を引いて買い物を続けようとすると往々にして、「トイレへ行きたい」とベニシアは僕に頼む。買い物かごを通路の隅などに置き、彼女をトイレへ連れて行く。男女共用で使える障害者用トイレがあるところならいいが、男女別一般トイレの場合はトイレ入口の外で僕は待つことになる。目が見えない彼女が手探りでトイレへ入るのは大変なことであるし、終えたあと自分で外に出てこられるだろうかと僕は心配になる。迷っているベニシアを親切な人が連れ出してきたこともよくあった。買い物へ行けばだいたいこんな状態なので、ひとりで行くときの3倍ぐらい時間がかかった。

こうしてベニシアを連れ出すうちに、僕は同じ立場でいる人々の存在に気づくようになった。つまり介護の必要な人が、世話する家族に手を引かれて外出している姿である。以前の僕はそういう人の姿を目の前で見ても、風景のひとつとして気にもとめずに見過ごしていた。そういう人達が抱える苦労や思いなど考えようともしなかった。自分の用事しか頭になかったのだ。ところが目の不自由なベニシアの介護に関わるようになると、これまで解らなかったことや気づかなかったことに目が行くようになってきた。

＊

11月末のことである。

「電話で話すとロバートが寂しそうにしていた。見舞いに行こう」とベニシアの友人のアメリカ人女性のキャシーさん。僕は運転手としてかり出された。滋賀県に住むアメリカの詩人であるロバートさんは、数年前に突然脳卒中で倒れて半身が動かなくなった。家を新築して、自然豊かな比良山麓の別荘地に日本人の奥さんと暮らしていたが、倒れたあとはひとりでマンション暮らしを始めた。

「どうして奥さんが、家で彼を見てあげないのだろう？」とベニシアは首をかしげていた。山中の急傾斜地にある家なので、車椅子での生活は難しいのかもしれない。日本語を話さないロバートさんは、日本人の友人がいない。かつて京都で暮らしていた同世代の欧米の友人たちは、多くが自国へ帰ってしまった。彼を見舞いに行く人はあまりいないようだ。

久しぶりにベニシアとキャシーさんに会ったロバートさんは、嬉しそうに英語で昔の思い出話を語り始めた。奥さんはスパゲティーやピザ、サンドイッチやハンバーグやサラダなどを作り、週に2回ほど彼に届けるそうだ。彼はそれを使える方の片手で電子レンジに入れて温める。市販品や配達される弁当だと焼き魚や煮魚、惣菜、味噌汁など日本食ばかりで、彼はそれらが苦手なのだ。また、彼は読書をしたり詩を書くことが好きである。言葉が通じない日本の高齢者施設に入ることは苦痛であろうと想像できる。奥さんとの間にできた2人の子供は、アメリカで暮らしている。

ベニシアは「イギリスへ帰りたい」と、たまにこぼす。とはいえ、いったいイギリスで誰がベニシアを世話するというのか。英語が不自由な僕が、この歳でイギリスへ移住して暮らすのは難しいし、仕事を考えれば現実的でない。ロバートさんの様子を見ながら、僕はこれから先、ベニシアとどうやって生きていこうかと考えさせられた。

【ベニシア69歳】2020年

視力が失われるなか、世間では新型コロナウイルス感染症が流行

たくさんの聴衆の前でハーブや庭の話などを何度もやってきたベニシアである。ところが、岩田さんが主催した講演会を最後と決めた。病気の進行により、聴衆の前で話すことが難しくなってきたからだ。

最後の講演会は2020年1月だった。『人生の喜びも悲しみも、自然の美しさに包み込んで』という内容でベニシアは語り始めた。

「年齢を重ねても、人のために、また地球のために、これからもできるだけ良いことをしていきたいと思います。それが、自分のためでもあるのですから…」と話を終えた。

このイベントを開いてファシリテーターを務めたのは、岩田《いわた》康子《やすこ》さん。滋賀県でブルーベリー・フィールズ紀伊國屋《きのくにや》をはじめ5つのレストランを運営するベニシアより3歳年上の女性である。

ベニシアと僕の最初の結婚記念日は、1993年11月11日だった。その日、妊娠して8

康子さんと一緒にイベント会場に向かうベニシア。

ヶ月半になる大きなお腹のベニシアと僕は、琵琶湖の眺めがいい丘にあるレストランへ向かった。広大なブルーベリー畑の脇に建つレストランへの通路を辿ると、ひとりの女性がハーブの手入れをしていた。その人が、オーナーでありシェフの康子さんだった。ベニシアと彼女はすぐにハーブの話を始めた。それを見た僕は「なんだ、彼女たちはすでに友達だったのだ…」と思ったが、じつはそれが初めての出会いであった。

それから約30年の歳月が流れたが、2人はずっと仲がいい。青空を仰ぎ見つつ、自分がやるべき大きな目標を定めて、それを実現するために日々がんばる。あるいは、何かのきっかけで知り合い、関わることになった人々をトコトン大切に思い、その繋がりを大事にするところなど、2人は共通するところが多いと僕は思う。ひとりで家から外へ出られなくなったベニシアに、彼女はよく会いに来てくれた。

＊

ベニシアの病気であるPCAは、治ることはなくジワジワと進行を続ける。69歳になったベニシアが暗くて見えにくいというので、家じゅうの明かりをLED照明器具に変えた。以前は、温かい雰囲気になる電球の照明器具ばかりを使っていたが、今ではコンビニみたいに家中が昼のように明るくなった。それでも「見えない」と彼女は嘆いている。

ベニシアがトイレに行くときは、必ず手を引いて連れて行った。途中にある谷間のような土間の通路を横断する箇所がある。高さ70㎝ある段差を下って、幅2ｍの谷間に掛かる橋のような踏み板を渡り、次は70㎝の段差を登って横断は終了する。ここの行き来が、ベニシアにはとても難しい。トイレの入口に辿り着くまで、少なくとも5分間はかかる。トイレは5分間で終わっても、再び困難な道筋を戻る。そうやって1回のトイレに15分間はかかった。これが1日約10回。時間にすると全部で2時間30分ほどを要した。

ある日、トイレまでの道筋に僕は手すりを設置した。それを辿れば自動的にトイレへ行くことができるはずだ。行きは手を引いて連れて行くけれど「帰りは自分で戻ってね！」と頼む。「解った」とベニシアは言うが、見ているとすごく苦労している。違う方向へ進もうとしたり、アレ～と思いつつ立ち止まったまま考えている。見かねて僕は再び彼女の手を引いて誘導する。

「目が見えなくても覚えているなら、自分で戻れるでしょう」と僕。

「認知症が進んでくると、記憶や方向感覚などもあやふやになるらしいよ。自分がどこにいるのか解らなくなるみたい。普通に健康な人と、今のベニシアは同じじゃないでしょう」とそんな成り行きを見ていた友人のマークさん。

トイレへ行く苦労を見かねたヘルパーの助言で、ポータブルトイレをベッドの脇に置くことにした。

「いらない。そんな病人みたいなことしたくない！」とベニシアは嫌がった。始めのうちは夜間だけ使うことにした。ところが、ポータブルトイレを使う方が断然ラクだと知ると、だんだん昼もポータブルトイレを使うようになってくれた。ポータブルトイレだと排便中の姿を人から見られるのが恥ずかしくて嫌なのと、使用後のトイレを僕やヘルパーが洗うので、ベニシアはそれを申し訳ないと思って遠慮していたようだ。

＊

ある日、ケア・マネージャーの勧めを聞いて、ベニシアはデイケアサービスに参加してみることにした。ずっと家の中で過ごしているよりも、様々な人々と関わる方がいいと僕は思った。刺激が増えて、元気になってくれれば嬉しいし、老化防止にもなる。ベニシアがデイケアサービスに参加する日は、僕も自由になれるので、雑用や仕事を進めることができると思われた。ところが、

「つまらなかった。ママゴトみたいな子供じみたことをするように言われる。体操だけ楽しかったけど、年寄りばかりが集まる場所にはもう行きたくない」とベニシア。何度か通えば、だんだん慣れるだろうと期待していたが、結局2回参加しただけで終わりとなった。

12月に入ると、ベニシアの次女ジュリーが世話になっている障害者就労継続支援施設が一時的に休みとなった。コロナが流行してきたための措置である。ジュリーは父親の家の

近くのアパートでひとり暮らしをしている。施設の責任者の勧めに従い、その休みの期間、ジュリーは大原で暮らすことになった。ベニシアの介護を少しは手伝ってくれるだろうと僕は期待した。

毎日、僕は朝、昼、夕、3人分のご飯を作った。ジュリーのコロナによる休みは3ヶ月間続き、その間ずっとジュリーは大原でベニシアと僕と同居していたが、僕の期待に応えてくれた日はなかった。その頃しばしば僕は、認知症について本やネットで調べていた。65歳以上では7人にひとり、85歳以上では4人にひとりが認知症になるらしい。ベニシアは目が見えなくなった上に、認知症の症状が出てきているので生活する上で多くの支障が出ている。認知症は治ることはなく、薬により進行を遅らせることしかできないそうだ。僕はこのまま家で彼女を介護していくことに、不安を感じ始めていた。

【ベニシア70歳】2021年3月

異国で齢を重ねる日々、家族や友人たちに支えられて

ベニシア71歳の誕生日に、ケーキを作ってくれたチャールズさん。

ベニシアと親しい友人たちが、交代で毎日見舞いに来る。彼らは日本人の配偶者を持つ、あるいはこれからもずっと日本に住み続けるつもりの、60～70歳代の外国人が多い。これから日本で老年期を迎える外国人が、この国でどう暮らしていけばいいのか不安なようだ。彼らは、ベニシアがどんな高齢者介護や看護サービスを受けているのか興味がある。友人のベニシアに起きている高齢と介護の問題は、同じ立場の外国人である彼らにとって、人ごとではない。

アメリカ人のチャールズさんもそのひとり。20歳のとき初めて日本に船で上陸し、鹿児島から東京までヒッチハイクで着いたばかりのベニシアに、彼は新宿の風月堂という喫茶店で出会った。1971年4月のことである。そこはクラシックレコードのコレクションを売りとした喫茶店で、当時は若者文化の聖地とも言われ、日本人だけでなく外国からのヒッピーや若者も多かった。ベニシアは東京でなく京都で暮らすことを彼に勧められた。

無一文だったベニシアは、出会ったばかりのチャールズさんから少しお金を借りた。

「どんな人にも恵みはあると、信じているから」とベニシアは笑って当時を振り返る。僕だったら、まず金がないのに喫茶店には入らないだろう。彼女は無鉄砲なのか？　それとも若い女性だから誰かが助けてくれると、甘えていたのかも…。ついついそんな皮肉な見方を僕はする。実際にベニシアは金もないのにインドからこの日本まで辿り着くことができたのだ。まるで映画みたいな話だが「恵みがある」と信じていたからこそ、できたことなのだろう。彼から借りたお金のおかげで、ベニシアは安宿を見つけて、ダンスホールでゴーゴーダンスを踊るバイトを続けた。そして切符が買えるお金を作ると京都へ向かった。

今ではパパジョンズ・カフェを京都で3店舗経営しているチャールズさんは、店のおいしいチーズ・ケーキを土産に、毎週欠かさずベニシアの顔を見に来てくれる。僕はチャールズさんのことを不思議に思っていた。カフェのオーナーで毎日かなり忙しいはずなのに、どうして毎週きちんと見舞いに来てくれるのだろうか？　チャールズさんとベニシアは、52年間も続く友達である。おそらく慣れない日本の言葉や食べ物などで苦労した時期もあっただろうし、子供の教育で助け合うなど、信頼関係が作られていったのだろう。友人の英国人女性、フェリスティーさんから、あるときこんな話を聞いた。

「チャールズさんが見舞いに欠かさず来てくれるのは、おそらく、彼はかなり努力していると思うよ。ある時期、彼はアメリカ人の友人Bさんと一緒に来た時期があったでしょう。チャールズさんは、病気が進むベニシアをひとりで見ていると、辛くて涙が出るらしい。そうならないよう彼はBさんを誘っていたみたい。でも何度か誘われるうちに『ベニシアはあなたの友達だから、あなたがひとりでお見舞いに行くしかないよ』とチャールズさんは言われたみたいよ」

友達思いのチャールズさんの優しさを感じた。じつは僕もトイレに入ったときなど、ひとりになると、よく涙がこみ上げてきた。泣きたいのを僕は、知らず知らずのうちに我慢していたのだろう。チャールズさんはそんな泣く様子を人には見せなかったが、じつは泣いていた。それを聞いて胸が熱くなる。

＊

訪問介護のヘルパーが、朝1時間半と夕方30分間、目の不自由なベニシアの世話に来てくれる。月曜日から土曜日まで週に5日間で日曜日はヘルパーの休みになっていた。それが、ここ2年半のあいだ続いていた。

ベニシアには4人の子供（といっても、30～40代の大人）がいる。もしも皆が、しばしば親の介護に来てくれると助かるだろうし、もちろんベニシアは喜ぶ。とはいえ、介護に対しての自覚や積極性がないと、誰もが自分の生活を優先するだろう。ベニシアに会いに来る子供もいれば、まったく来ない子供もいた。

ここで僕の親の介護について少し話そう。僕の親は福岡に住んでいた。京都に暮らす僕は遠いので、あまり行かなかった。また、1995年の阪神淡路大震災で仕事を辞めた弟の滋《しげる》が、親と同居していた。彼は震災以降、仕事をしていなかった。

「バイトでもやれよ。引きこもりになってしまうぞ」と僕は滋に言うが、煙たがられて毎度険悪な雰囲気になった。たまに僕が訪ねると、滋はいつもどこかへ姿を消した。月日は流れ、親は年老いて介護が必要になった。滋は1日じゅう家にいるので、僕は親の介護を無職の滋に任せっきりにした。

それから僕はベニシアの介護をするようになった。介護を自分で経験してみて、初めてその大変さを理解した。今になって、介護しなかった両親や、それを任せた滋に、何も手助けしなかった僕は反省している。ひとりで介護するのは大変なことである。配偶者はもちろん、子や孫など周りの親族は、できるだけ手伝う自覚が必要だと思う。

*

次女のジュリーは毎週のように週末は家に来てくれた。ベニシアは子供が大好きだ。ジュリーが大人の年齢になった今も、母親のベニシアにとっては自分の子供であるし、会うといつも喜んでいる。

週末になると僕は登山に行こうと決めた。ジュリーが来るので、僕は外出できるからだ。とはいえジュリーは普通の日常生活をひとりで送れない精神障害者であり、彼女もベニシアのような訪問介護と看護の世話になっている。まず彼女は料理ができないので、僕が週末用にカレーやシチューをたくさん作って、大鍋ごと冷蔵庫に保存した。またチンするだけでいつでも食べられる、スパゲティーや焼き飯などの冷凍食品で冷凍庫をいっぱいにした。こうしておけばジュリーは料理をチンと温めるだけなので、ベニシアにいろいろな食べものを出せる…、はずであった。

「ベニシア、昨日の朝は何を食べた？」と登山から戻った僕。

「チーズ・オン・トースト」

「じゃあ、昼ご飯は？」

「チーズ・オン・トースト」

「夕ご飯はなに？」

「チーズ・オン・トースト」と返事は全て同じだった。食パンにチーズを載せてオーブントースターで焼くだけの、あれが1日3回。僕が作っておいたシチューやカレーはほとんど残ってない。つまり、ジュリーがひとりで食べて、ベニシアにはチーズ・オン・トーストだけであった。

「自分だけ食べないで、ちゃんとベニシアにもいろいろ出してよ！」と僕。すると次の週末から、必ずベニシアの友人の誰かが来ていた。

「来てくれてありがとう！」と僕が礼を言うと、

「だって正さん！　食べ物が家に何もないから困っているって。何か持ってきてよとジュリーから電話をもらったから来たのよ。正さん、出かけるときはちゃんと食べ物を準備しておいてね」

もちろん僕はいつものように準備していた。おそらくジュリーは何をやるにしても面倒くさいと思い、何もしたくない。それで、誰かにやってもらおうと、ベニシアの友人たちを電話で呼び寄せていたのである。

僕のいない週末は、大原の家に関わる問題も起きていた。水洗トイレの水がオーバーフローしていた。チェックすると尿パッドやウェットティッシュがパイプの中に詰まっていた。ベッドの周辺の畳が新聞紙に被われていることもよくあった。それを剥がすと汚物がそのまま放置されていた。新聞紙を載せて隠しただけである。ベニシアは目が見えないので、汚れていることも気が付かないし、掃除もできない。

やるべき事を見ようとしないし、放置すれば自然に何でも解決されると思っているようだ。やって欲しいことを説明し、やって欲しくないことは注意しても、まったく解決しない。やらない、あるいは、できない人に期待することは止めて、週末に登山へ行くことを僕は諦めた。

このままだと僕は家に閉じ込められたままで、ずっと仕事もできないし、これからどうなるのか先が見えない。見かねたケアマネージャーが介護施設入所を提案する。「それもありか…」と僕は考えて、良さそうな介護施設を調べてみる。そしてベニシアを連れて、そこへ見学に行ってみた。施設の人は熱心に部屋を案内してくれたが、ベニシアはろくに見ようともしないで、「絶対にイヤ！」と拒否するのであった。見学してもベニシアはそれらが見えない。その見えない、知らない場所に置き去りにされるのかと、彼女は不安でいっぱいになるようだ。

【ベニシア70歳】2021年4月
本腰を入れて高齢者介護施設を探しはじめる

大原の自宅の庭でくつろぐベニシアと夫。

「コロナ感染の危険があるので、月に1度の訪問はしばらく控えさせていただきます」とケアマネージャーからの電話を受け取った。毎月のケアプランを作るのがケアマネジャーの主な仕事であるが、介護施設についての相談もしたいと思っていたのに…。そもそも、いくつもある介護施設のベーシックな分類や、ベニシアが利用できる施設の種類も解らないでいた。彼女に合いそうな施設とか、どこの施設の評判がいいとか話す以前の段階、つまり僕は何も知らないのであった。話だけでなく、資料などをもとに詳しい説明が欲しいところだ。それを今は望めないということなので、自分で調べてみることにした。

＊

高齢者介護施設は大きく9種類に分けられるようだ。自立したシニア向けの介護施設は3種類あり、ケアハウス（軽費老人ホームC型）、サービス付き高齢者向け住宅（サ高住）、シニア向け分譲マンションがある。

次に、要介護者向け介護施設は6種類ある。特別養護老人ホーム（特養）、介護老人保健施設（老健）、介護医療院（介護療養型医療施設）、介護付き有料老人ホーム、住宅型有料老人ホーム、グループ・ホームである。

どれでもいいや！　とこちらで勝手に決めるわけにはいかないようだ。まず、それぞれの介護施設の特徴を、ここでおおまかに説明しよう。

『ケアハウス』は60歳以上で、自宅生活が困難な低所得者向けの公的な福祉施設。一般型ケアハウスと介護型ケアハウスがあり、一般型は、ひとり暮らしに不安がある60歳以上の高齢者を対象とする。介護型は要介護認定1以上を受けた65歳以上の高齢者を対象としている。

『サービス付き高齢者向け住宅』は、略して『サ高住』とも言う。60歳以上が入居可能なバリアフリーの賃貸住宅で、賃貸借契約が必要。生活相談サービスと安否確認が義務づけられているが、食事や掃除、洗濯は有料で別途申し込む。

『シニア向け分譲マンション』はバリアフリー化されたマンションを買うことになるので高額。コンシェルジュ（総合世話係）、居室の清掃、見守りサービスなどはあるが、介護サービスは外部事業者と別途契約が必要。

右記3種類が自立したシニア向けの介護施設である。続いて6種類の要介護者向け介護施設を説明する。

『特別養護老人ホーム』は略して『特養』とも呼ばれる。要介護度3以上の介護度が重い人向けの施設で、終身での入居を前提としている。つまり「終の棲家」にも成る。24時間スタッフが常駐しており、公的施設なので安価。多くの需要に対して、施設数が不足しているので、「入居待ち」の人々が多い。

『介護老人保健施設』は略して『老健』とも呼ばれる公共の施設。病院から退院した高齢者（65歳以上、要介護1～5）が在宅復帰を目指すため、医学的管理の下でのリハビリが目的の施設。良くなれば退去しなければならないし、原則として入居期間は3ヶ月まで。

『介護療養型医療施設（介護医療院）』は、医学的管理が必要な要介護1以上の高齢者を対象とした、病院に近い感じの公共施設。医療的ケア、機能訓練、身体介護が充実しているが廃止が決まり、2024年3月までに『介護医療院』に変わるということである。

全国に約1万5千件ある民間の老人ホームは、『介護付き有料老人ホーム』と『住宅型有料老人ホーム』に2分される。『介護付き有料老人ホーム』は常駐スタッフがおり、24時間対応の介護サービスで、認知症や寝たきりの人にも対応する。それに対して『住宅型有料老人ホーム』は、契約した外部事業者のスタッフが対応する。いずれも、運営システムに違いはあるが、サービス内容に大差はない。

『グループ・ホーム』の正式名称は『認知症対応型共同生活介護』であるが、グループ・

ホームと呼ぶのが一般的な民間の介護施設である。小規模でアットホームな雰囲気が特徴。1ユニットの定員は9名まで。利用者は65歳以上、要支援2以上の認定が必要。ざっと調べてみたが、文字情報だけでは、そこがどんな施設なのか、なかなか解らない。

＊

以前、ケアマネージャーが推奨した住宅型有料老人ホームへ、ベニシアと見学に行ったことがある。まず施設の客室で施設長の説明を聞こうとしたが、ベニシアは建物の入口に入るときからずっと拒絶していた。

「早く帰ろうよ。私は何も見たくない。こんな所に入るのなら病院に入る方がまだいい」

「せっかく来たのだから、見学ぐらいしようよ」と僕。

「ではご案内しますね」と施設長に続いて僕たちが廊下に出たそのとき、施設のレクレーションタイムの時間と重なった。各個室からレクレーションの催しがある談話室へ、たくさんの利用者さんが向かうタイミングにかち合った。

「あれ外人さんや。どこの国の人やろう。あの人ここに入るつもりなんやろうか?」と廊下ですれ違う人々は喋っている。あまりに多くの人々が、まったく遠慮せずにベニシアのことを喋るのに僕は面食らった。目が見えないベニシアは、かなりナーバスになって身体が硬直している。この施設でベニシアがやっていくのは難しいと僕は思った。

【ベニシア70歳】2021年6月

追い詰められた僕にベニシアを思いやる余裕はなかった

「自分でトイレへ行けるのならいいよ。でもそれができなくなったときは施設に入ってね！」とベニシアに何度も言った。僕が彼女のそばにいる昼間は大丈夫だが、夜になると僕は別の部屋で寝た。同じ部屋にいると気になって眠れないのだ。ポータブルトイレを彼女のベッドのすぐ横に設置しているので、自分でなんとかできるだろうと思っていた。ところが、失敗は時々あった。

「こんなトイレのことばかり、毎日やってられません！」

文句を言いながら僕は汚れた畳を掃除する。悲しい顔をしたベニシアは、僕の言葉の暴力に耐えていた。「お先真っ暗だ。認知症になった妻の世話に追われて、自分の人生を喪失していく」と口には出さないが、僕は思っていた。今となって、なんでもっと優しくできなかったのだろうと後悔するが、その頃は追い詰められて余裕がなかった。

大学で人文学を教えているレベッカさんと。

*

ベニシアは僕が経営していたインドカレー屋DiDi《ディディ》のお客さんだった。現在見舞いに来てくれるベニシアの友人たちのほとんどがDiDiのお客さんだったので、30、40年も前から僕は皆の顔を知っている。そのひとり、大学の人文学部教授でアメリカ人のレベッカ・ジェニスンさんは、豆入り野菜スープをよくお持ち帰りしてくれた。豆をたくさん食べると頭が良くなるのだろうか。DiDiでバイトをしていたユカボンは、大学ではレベッカさんから人文学の講義を受けていたそうだ。ユカボンが動いてくれたおかげで、つい数ヶ月前にベニシアは視覚障害者に認定されて、白い杖を手に入れることができた。とはいえ、ベニシアは白い杖をあまり持とうとせず、いつも登山用ストックをダブルで使って散歩している。

今年、レベッカさんは大学を定年退職して自由時間が増えたそうで、しばしばベニシアに逢いに来てくれる。レベッカさんの息子は、僕たちの子、悠仁と同じ年ぐらいである。ということは、レベッカさんもベニシアと同じく、がんばって40歳過ぎた高齢で出産したのだろう。夫は日本人の人文学者だが、いまレベッカさんは京都でひとり暮らしだ。異国でひとり、これからどうやって高齢期を過ごしていこうかと彼女は考えている。それで、日本ではどんな具合に介護や看護のサポートを受けることができるのか、ベニシアを見ていると気になるそうだ。

「グループ・ホームを見学してきた。新しい建物できれいだった。良さそうだから、お父さんも見に行ったら？」と悠仁から電話をもらった。そこはレベッカさんが勧めてくれたグループ・ホームで、彼女の提案で悠仁は見学に行ったという。その2日後に、僕も見学に行った。

そこは1階がデイサービスを中心とした施設だが、前年から2階にグループ・ホームを新設したようだ。グループ・ホームは1ユニット9名までと定員数が決まっているが、今のところ利用者は6名で静かだった。帰宅してベニシアに見学に行ったことを話すと、「なんで私が入るかもしれない施設に、あなただけひとりで見学に行ったの？」と言われた。とりあえず、どんなところか見てきただけだと答えた。数日後、「私も見に行きたい」と言う、キャシーさんも連れて、ベニシアと3人で再び見学に行った。1階のデイサービスの様子を入口から見ていると、

「グループ・ホームは2階ですよ。こちらは利用できませんよ」

「でも、グループ・ホームに入って、デイサービスを別途申し込んだらここも利用できるんでしょ？」

「いいえ、できません。介護認定の度合いが、デイサービスとグループ・ホームの利用者

さんとでは違いますから」

施設に見学へ行く場合は、ケアマネージャーと見学に行くのが通常の流れである。ところがコロナ禍ということで、もう数ヶ月間、ケアマネージャーとは会っていない。それで僕たちは予備知識を持たずに、飛び込みで見学に来ているわけだ。部屋やトイレ、風呂などを一通り見せてもらった。さらに数日後、レベッカさんも見学したいと言うので、ベニシアを連れて3人で再び見学する。

「新しくて清潔そうだし、いいんじゃないの」。レベッカさんは感想を述べた。ベニシアは施設に入りたくない様子なので、それ以上、レベッカさんは意見を言わなかった。毎日ベニシアの介護を続けている僕だけが、施設への入居を勧めている。施設の話をするとベニシアはいつも悲しい顔になった。

*

ある日、アメリカ人のライター、そしてナレーターでベニシアと40年来の友人のキャシー・アーリン・ソコルさんがベニシアを、彼女が暮らす上七軒の家に連れて行った。すでにこの本に2回登場しているキャシーさんである。僕は行かなかったが、そこにはレベッカさんもいた。ずっとあとで知らされるが、この日キャシーさんはベニシアにインタビューして映像を記録した。『ベニシア・スタンリー・スミスさんが語る「現在の思い」』というタイトルで、14分間に編集してYouTubeに発表している。ベニシアは語っていた。

「私は家にいない方がいいと思う。自分が安心できる所や、大丈夫だと感じる状況にいたいと思っている」

「かつて私は何かをするとき、人の助けになればいいと思って行動していました。でもいまは私のために、何かをして欲しいと思っています」

「私は死にたいわけではありませんが、死んでしまっても、それはそれでいいのです。私はベストを尽くしました。自分にできることをしようとしました」

「私は怖くありません。起こるべくして起きたのだと思います。だから、これから1日、1日、どうなっていくのかみてみましょう」

この映像を見て僕は思った。ベニシアは施設に入るのが不安だが、もう入る時期がそこまで来ているのを感じている。心は揺れ動くが、もう覚悟しなければならない。そう自分に言い聞かせようとしている。彼女をそこまで追い込んだ夫である自分を、情けない奴だと今の僕は思う。

［ベニシア70歳］2021年7月

ついにグループ・ホームへ入居を決める

娘のジュリーと散歩コースの宝ヶ池公園で語り合う。

いくつかの高齢者介護施設をネットでいろいろと調べてみたけれど、どこもコロナ禍のため面会禁止が続いている。面会可能な施設は、すでに見学したグループ・ホームしかないようだ。一旦施設へ入居してしまうと、しばしば家に連れて帰るなどの外泊は難しいようなので、入居する日をズルズルと先延ばしにしていた。

＊

イギリスやアイルランドで暮らすベニシアの息子や兄弟たちには、ズームでのミーティングにときどき参加してもらった。パソコンを使って、リアルタイムで地球の反対側に暮らす親族と顔を見ながら気楽に喋れるなんて驚きである。僕が若かった頃にインドを旅したときは、日本へ国際電話をかけるだけで、かなりの苦労と大金を要したものだった。

海外在住のベニシアの親族とのズームでのミーティングの段取りを組むのは、英語が苦手な僕にとってやりにくい。それで、いつもベニシアの友人たちがやってくれた。英語を話せない僕が、英国人と結婚したとは不思議なことだと自分で思う。

ベニシアの友人や親戚は皆、英語を普通に話す人々である。イギリス、アイルランド、アメリカ、カナダ、オーストラリア、ニュージーランド、イスラエル、インドなどの国の出身である。ここに国名をわざわざ列記したのは、これら全てイギリス帝国の国である。16〜17世紀頃からイギリスの植民地支配が世界中に広がり、長い年月の間にイギリス帝国が作られた。そのため世界の多くの国で英語が使われるようになり、今では英語が世界の共通語にもなっている。かつて英国は世界最強国のひとつであった。ユーラシア大陸が中心の世界地図を見ると、日本は欧州から見て東の果て、つまり極東の国である。一方、日本から見るとイギリスは大陸の西の果て、極西の国とも言える。強国なので大国のイメージが僕にはあるが、日本の本州ぐらいの大きさしかない小さな国である。

伊能忠敬《いのうただたか》が日本中を17年間歩いて測量し、ようやく日本地図ができあがったのが1821年。長く鎖国を続けて、日本が海外に目を向けようとしなかった江戸時代、その頃イギリスはすでに世界に目を向けていた。目的は富と強さを持つためである。イギリスは多くの植民地を獲得し、全盛期には世界人口の4分の1の人々が暮らす、世界史上最大の面積を誇るイギリス帝国を築いた。

ベニシアの曾祖父の異母兄、ジョージ・カーゾン（1859〜1925）はインド副王兼総督を1899年から7年間に渡り務めた。明治時代に3回、個人旅行で日本にも訪れている。インド副王兼総督とは、植民地インドを統治するためのイギリス政府の長官である。ジョージ・カーゾンがインドや日本から持ち帰った美術品や工芸品を母の実家ケドルストン・ホールで幼い頃に見たベニシアは、東洋への憧憬の情が芽生えたのだろう。19歳になったベニシアは陸路ユーラシア大陸をおんぼろバンで走り、インド、香港、台湾を経てこの日本にやって来たのだ。そして50年間日本で暮らし、いまその国の高齢者介護施設に入るようにベニシアは日本人の夫から迫られていた。

*

ついにベニシアは、7月半ばにグループ・ホームへ入居を決めた。息子の悠仁ファミリー3人、友人の岩田康子さんと僕がベニシアに付き添って、昼の2時頃にグループ・ホームの玄関に着いた。ベニシアは口には出さないが不安を隠せない固い表情である。エレベーターに乗って2階に上がり、利用者達がテレビを見ながらくつろいでいる談話室を抜けて個室に向かった。ベニシアの個室に入り、ベニシアを囲むように僕たちは椅子に座った。椅子に座ったとたんにベニシアは泣き始めた。怯えているようだ。

和ませようと4歳の孫の來愛《くれあ》を促して話しかけてもらうが、

「こんなところに居たくない。帰りたい」とベニシア。

「そんなこと言っても…、ようやく入ろうと決心したのでしょう」

「でもやっぱり帰りたい。家が一番いい。私を追い出さないで…」

悠仁夫婦と康子さんは、そう言われて当惑した顔。僕はいま悪いことをしているんじゃないかとドギマギし、入居をあきらめて連れて帰ろうかと思い始めた。

「ベニシアさん、これから私たちがずっとあなたを助けるから大丈夫ですよ。すぐに慣れますよ」と介護リーダーが励ましてくれる。

僕たち大人はベニシアの不安を抑えてあげようと一生懸命だったので、來愛を見てやることができなかった。退屈した來愛は、他の利用者さん達が居る談話室とベニシアの個室をひとりで行ったり来たりしながら遊んでいた。そのうち、利用者やヘルパーたちと喋るようになり、いつしか人気者になっていた。來愛は談話室で皆と話したことを、ベニシアのところに戻って話して聞かせた。次は談話室に行き、逆に皆にいろいろと話をしてあげる。こうして打ち解けたにこやかな來愛の雰囲気が、ベニシアにも伝わった。

だんだんと明るい表情に変わったベニシアは、笑顔さえ見せてくれた。僕たちはそのタイミングを見逃さなかった。互いに何も言わずに、目配せして椅子から立ち上がった。介護リーダーも「今日は黙って帰る方がいいですよ」と口には出さずに合図した。

【ベニシア70歳】2021年8月

「すみません」という言葉を口にするようになった

大原の高齢者施設にあるスポーツ・ジムで運動するのも楽しい。

入居した翌日、僕はベニシアに会いに行った。昨日は、挨拶もせずに黙って帰ったので、ベニシアは怒っているかも…と心配していたが、笑顔で迎えてくれた。このグループ・ホームでのベニシアとの面会は、1日一組だけと制限されている。週の半分はベニシアの友人たちが、そして週末は悠仁家族が面会に来てくれることになっている。僕は、彼らと面会がかち合わない日に行くことにした。

彼女がグループ・ホームに入ったら、僕はこれまでのような毎日の介護仕事から開放されて、楽になるだろうと思っていた。ところが、僕はベニシアを施設に置き去りにしたのだ。介護する責任から逃れて、自分ひとりだけ家で気楽に過ごしている、そんな罪の意識に苛まれた。

「悪いね、ごめんね、ほんとに申し訳ない」といった気持ちから逃れられない。

「家族は皆、そう思ってしまうものです。家でひとりで介護を続けてイライラするより、ここで私たちプロに任せる方がいいと思いますよ。そうしたら、いつもニコニコと和やかな感じで会えるじゃないですか」

そんな同情と慰めと応援の言葉を、幾人かのヘルパーからもらった。

「私は家に帰りたい」という言葉がベニシアの口から出ないよう気を遣った。彼女をグループ・ホームに入れてから、僕は何をしても落ち着かないし、楽しくなかった。それで、家の中や庭を掃除ばかりして過ごした。

*

グループ・ホームの利用者は認知症の人ばかりのためか、そこで新たな友人を作るのは難しいのかもしれない。大原で暮らす友人のノブコさんは、ベニシアを大原のスポーツ・ジムへ連れ出してくれた。

ベニシアがノブコさんと仲良くなったのは、レベッカさんを通じてである。しばらくしてようやくわかったことだが、ノブコさんと僕は、30年ぐらい前に会ったことがあった。そのころ僕は東京の女子美大を出て小松均という絵描きの弟子をやっていたTと結婚していた。ノブコさんは、Tと同じ大学を出た造形作家で、愛知県出身だが大原に家を建てて家族と暮らしていた。それでTと一緒にノブコさんの家を訪ねたことがあったのだ。

話はそれるが、ベニシアとTも長い友人である。京都のおもしろいところは、友人の友人は自分の友人でもあったという具合に、人々の繋がりの輪が狭いというか、身近なところにあるというか。京都は大き過ぎず、小さくもなく、手頃な広さの盆地にできた町だからだろうか。

ある日ひとりで歩いてスポーツ・ジムに行ったノブコさんは怪我をした。ジムで心地よく汗をかき、すでに暗くなった車道の脇を歩いていたら、50cm幅の側溝に落ちてスッポリと身体がハマったらしい。彼女は足首の腱を痛めたので、しばらく運動はできない。それでスポーツ・ジム仲間のベニシアも行けなくなってしまった。その話を聞いた僕は、不謹慎にも笑い転げてしまった。溝にハマって身動きできないでいる彼女の姿が、僕の頭の中のYouTubeの画面に流れたからだ。ごめんなさい。

＊

グループ・ホームでの食事は年配者向けのあっさりした和食ばかりで、ベニシアは「あまりおいしくない」と言う。

西洋人があっさりした和食ばかり食べていると、油が切れた自転車に乗るみたいに、身体がギシギシになるらしいと聞く。バターやオリーブオイル、胡麻ペーストなどの油をかけるだけで、あっさり和食も西洋人好みに変わる。ヘルパーにベニシアの食べ物をそうして欲しいと頼んだが、難しいと言われた。施設の1階に厨房はあるが、そこではディサービス利用者のお弁当を作っているだけで、2階のグループ・ホーム利用者のためには使ってないという。

食事が楽しくないようなので僕は家で果物をカットして容器に入れ、暖かいお茶やコーヒーをポットに入れて持って行くことにした。施設の駐車場を軽く散歩した後、1階通路脇にある広間で楽しいおやつだ。

「おいしい」とベニシアは嬉しそうに食べてくれる。そして携帯電話で友人たちと喋ると、面会制限時間の1時間はあっという間に過ぎてしまうのであった。

*

ベニシアがグループ・ホームに入居して約1ヶ月が過ぎた8月20日、京都府は4回目のコロナ緊急事態宣言となった。東京オリンピックが終わり、次のパラリンピックが始まるまでの間だったと記憶する。これにより、9月30日に緊急事態宣言が解除されるまでのおよそ40日間、グループ・ホームでは面会禁止が続いた。緊急事態宣言が終わった数日後に、僕はグループ・ホームへ電話をかけてみた。

「また面会に来ていただいて大丈夫ですよ。ただし、面会できるのは緊急連絡先として登録されている、梶山正さんと悠仁さんに限られます。時間は15分間に制限しています。ベニシアさんのご友人は面会できません」と説明された。

翌日に僕はグループ・ホームへ行き、40数日ぶりにベニシアと会うことができた。彼女は口数少なく、話す言葉は英語ばかりで、ほとんど日本語を口にしなくなっていた。おそらくグループ・ホームの利用者さんやヘルパーとは、ほとんど会話がなかったと想像された。喋らないと言葉を忘れたり、語彙が減るのだろう。また高齢になると幼い頃に覚えた言葉、彼女にとっては英語がついつい口から出る。そうなると、

「英語を話さないでください。何を言っているのか解りません」と言われる。ベニシアが話そうとすると、まず「すみません」と言うようになっていた。これは初めてのことである。僕に話すときでさえ、そうである。かつてベニシアが「すみません」と口にするのを、僕はあまり聞いたことがなかった。人に助けに来てもらいたくて、ここで覚えたサバイバルであった。驚かされたのはそれだけではない。わずか40数日のあいだに、ベニシアはほとんど歩けなくなっていた。

【ベニシア70歳】2021年10月

奇跡が起こった！
また歩けるようになったのだ

緊急事態宣言による面会禁止で会えなかった間に、ベニシアはすっかり変わってしまった。このまま任せてここにいたら、ベニシアはだめになるかもしれない。とにかく今は、ベニシアを前のように歩けるようにしよう。

面会再開となって2日目。グループ・ホーム談話室の椅子に、1日じゅう座ったままのベニシアをまず立たせた。僕はベニシアの両手を支えつつ後ろ向きに進んで、ベニシアを歩かせた。階下へ降りるエレベータの前まで10mほどしか離れてないのに、5分以上かかった。面会時間は15分間しかない。

「ワン、ツー、ワン、ツー」と一歩足を前に出すたびに声をかけた。それからベニシアの椅子まで戻り、その日の面会時間は終わった。同じようなことを3日間ぐらい繰り返した。「歩いて運動させたいのに、15分間の面会時間だと1階へ降りることもできないです。15

ときどき家で開いたランチ会で、ベニシアは友人たちと一緒に過ごした。

分は少なすぎます」と僕はヘルパーに言った。

「時間を厳密に気にしなくてもいいですよ。こちらでチェックしているわけではないので」と。この施設は、ある程度の融通がきくところと理解した。ベニシアを連れて外の駐車場を散歩して戻ると30分以上かかったが、ヘルパーは「遅すぎる」とは言わなかった。そうやって散歩する時間をジワジワと延ばすうちに、毎日の面会時間は1時間ほどになった。

週末には、息子の悠仁が奥さんと子どもの來愛を連れて面会に行った。面会できるのは緊急連絡先に登録している僕と悠仁だけ、と聞いていたはずなのに。問い合わせると僕か悠仁が連れて来るなら家族もＯＫだという。それで週に2回はジュリーも一緒に行けるようにした。そうやって毎日通ううちに、ベニシアはだんだん歩けるようになり、日本語会話も前と同じく話せるようになった。

*

毎月、ケアマネージャーから介護プラン計画を知らされるのが通例と思っていたが、このケアマネージャーを紹介されたことがなかった。また、これまでずっと通院していた病院や薬局を利用するつもりでいたが、今後も面会禁止になることがあるかもしれないということで、グループ・ホームが契約している医師に変えて欲しい旨を伝えられた。これまで関わってきた病院を信頼していたが、ここの方針に協力することにした。

ベニシアは友人たちに会いたがっている。友人の面会はできないのか介護リーダーに聞くと、

「外泊するとか家で食事するなどの機会を作って、ベニシアさんを連れて帰ればいいですよ。そのときお友達に会ったらいいんじゃないですか」

「連れ出してもいいのですか？　コロナ対策などでダメなのかと思ってました」

友人と会って元気になってもらうために、月に2～3回、自宅でランチ会を計画して僕はベニシアを連れて帰ることにした。

ランチ会に向けてベニシアを家に連れて帰り、乗っていた車から降ろして室内に彼女を連れて行く、というか運び込む。彼女は段差があるところを自力では移動できないので、テーブルの前に座らせるまで、力仕事でひと苦労である。それから僕は料理の準備に忙しい。友人たちが顔を見せ始めると、ベニシアの目が輝く。友人たちの明るく優しい声を聞くと、ベニシアは目に見えて元気になる。料理を手伝おうかと言ってくれる人もいるが、久々に会える友人との会話は重要であるし、短い時間も貴重だ。

それで、僕はひとりで料理する。

料理は毎回同じにならないように工夫して、前の日からある程度仕込んでおく。ポター

ジュ、ミネストローネ、カキとサーモンのグラタン、インドカレー、ビーフシチュー、パエリア、タラコ・スパゲティ、ペストジェノベーゼなど西洋料理がほとんどだ。グループ・ホームではいつも日本料理で、ベニシアはそれが飽きているみたい。メインの西洋料理にフルーツとサラダを付ける。毎回チャールズさんは、経営しているパパジョンズのチーズケーキを持ってきてくれる。

おいしくて幸せな時間はあっという間に過ぎていく。

「ずっとここに居たい。グループ・ホームに戻りたくない」とベニシアが言うのではないかとヒヤヒヤしながら、「もう帰る時間が来たね」と僕は声をかける。

「2週間後にまたやろうね」と約束する。いつもそう約束するからなのか、一度もベニシアは「グループ・ホームに戻りたくない」と言わなかった。でも、ほんとは我慢していたのかもしれない。

【ベニシア70歳】2021年11月

新たに介護施設を探すも…

ベニシアがいるグループ・ホームに毎日のように面会で通っているうちに、僕はジワジワと不満がわいてきた。利用者家族に対しての説明が統一されずにバラバラの印象を受けたからだ。

その上、ベニシアの顔は、いつも目ヤニだらけ、歯クソだらけ、そして爪は伸び放題だった。

「爪を切ってもらえないのですか？」

「ベニシアさんが、怖がるからできません」

「歯が汚いけど、口腔ケアはしないのですか？」

「ベニシアさんが、嫌がるからできません」

怖がる入居者に無理強いはできないのだろう。

「家でひとりで介護を続けてイライラするよりも、ここで私たちプロに任せる方がいいと

友人の花ちゃんとノブコさんと一緒に、小川の岸辺を散歩する。

思いますよ。そうしたら、いつもニコニコと和やかな感じで会えるじゃないですか」と僕に言っていたのに…。こちらは平身低頭の立場なので、それ以上は強く言えない。ただ、ここはずっと安心して居続けられる所ではないのでは…と心配になった。

＊

「今のグループ・ホームへ面会に行くのに、片道2時間近くもかかり遠い。僕たちの家の近くの施設へ変えて欲しい」と悠仁。そうすれば毎日面会に行っている僕が、片道2時間かかることになる。とはいえ悠仁の嫁の来未《くるみ》がこれから積極的に介護に協力してくれるようになるのなら、僕はそれでもいいかと思った。来未の母親は、介護施設でヘルパーの仕事を長年続けている。介護の仕事で3人の子を女ひとりで育て上げたのだから、地元の介護施設に詳しく、評判のいい施設など知っているだろうと思われた。

「じゃあ、任せるのでそちらでいいところを探してください」と僕は頼んだ。悠仁は不動産売買の会社に勤めるサラリーマンで、平日は動けないだろう。一度グループ・ホームの責任者から、

「大原の地域包括支援センターに連絡されたようですけど、どうしてですか？」と聞かれたことがある。来未がどのくらい介護施設を探すために動いたのか知らないが、以後、悠仁たちから施設の情報を耳にすることはなかった。

続いて悠仁は、別の非現実的な話を持ってきた。

「イギリスにいる長男の主慈《しゅうじ》が、ラインで連絡してくる。ベニシアをイギリスに連れて来るようにと言っている」と悠仁。

「いま世界中がコロナ禍で、とくにイギリスは厳しい状態であることを悠仁は知っているの？　そんなの無理だと伝えたらいい」

主慈は仕事が忙しくて自分が日本に行けないから、悠仁がベニシアをイギリスへ連れて行き、飛行場で主慈がベニシアを受け取ると言う。主慈だけでなく悠仁も仕事で忙しいはずなのに。その後、向こうでベニシアに何をさせて過ごすつもりなのだろう。歩くことや移動すること、トイレだけでも大変で苦労するし、周りの世話が必要なことを、主慈は果たしてわかっているのだろうか。主慈は僕の実子ではないので、おそらく僕には話しにくい。それで悠仁に命令したのだろう。

＊

12月が近づいてきたある日悠仁が「お母さんをイギリスに連れて行くと、コロナ禍のため帰国後の2週間、外出できず家で隔離状態になるから仕事にも行けない。そうなると僕は居場所がなくなる」

そうなると困るので、嫁の来未と幼い娘の來愛も一緒にイギリスへ連れて行きたい。そうすれば帰国後の隔離期間も一緒に過ごせると提案してきた。

ベニシアはエコノミー症候群、つまり飛行機に乗ると深部静脈血栓症が悪化する恐れがある。今のベニシアの状況で、エコノミークラスに乗るのは危険が伴う。ビジネスクラスに乗ると、おそらくひとり50万円以上はかかるだろう。4人なので飛行機代だけで200万円、さらにイギリスでの交通費や生活費もかかる。いま日本のグループ・ホームでベニシアが生きていくのに、年間250万円必要である。イギリスへの交通費だけで、ベニシアが日本で1年間生きていける金額を払うことになる。その金を主慈が負担するわけではなく、全てベニシアと僕が払うことになる。

また、心配はそれだけでない。主慈と嫁のリズは、これまで2度来日して我が家に泊まった。幼い2人の孫も一緒だった。ベニシアは皆とずっと一緒に過ごしたかったのに、彼らはベニシアを家においたまま、自分たちだけ毎日のように外に遊びに行った。そして、いつも僕がご飯を作っていた。リズはベジタリアンなので、イギリス人向きのベジタリアン料理と、主慈が好みそうな和食も用意した。夕飯を作って待っているのに、ある晩なかなか彼らは帰ってこない。連絡もない。僕は腹が立ちイライラした。夜遅くにようやく彼らは帰宅した。

「ベニシアは孫と遊ぶのを楽しみにして、あなたたちが来日するのをずっと待っていた。

ところが自分たちのことばかりやって、ベニシアに気を遣って動こうとしていない」

「でもお母さんは目が見えないから、小さな子たちの世話はできないよ。ここにはストーブがあって危ないし、お母さんには任せられない。だからリズがずっと子供を見ているので、ここの家の手伝いはできない」

それを聞いたベニシアは、押さえていた感情が爆発した。

「主慈、私がこれまで何人の子供を産んで、育ててきたのでしょうね？　子供をストーブで火傷させるようなヘマを、私がするわけがないでしょう。私を信じてちょうだい」とベニシアは英語でまくしたてた。主慈と僕との会話は日本語だったけれど、これは英語なのでリズも理解した。そして、彼らはその夜、荷物をまとめてどこかへ出て行った。彼らはクリスマスをはさんで約1ヶ月の予定で来日していた。その後は、どこかのホテルで暮らしたのだろう。その後、リズはまったく顔を見せなくなった。そんなことがあったので、ベニシアがイギリスに行ってもリズが手伝うことはないと僕は見ている。コロナ禍、ベニシアの体調、大きな出費、足りない人手などの理由で、ベニシアのイギリス行きを諦めさせた。そんな難しい現実を解ってくれたのか、主慈はそれ以上プッシュしてこなかった。

こうして最後のチャンスになるかもと思われた（僕ははじめから反対だったが）、ベニシアのイギリス行きは果たせずに終わった。

*

同じ頃、僕は奈良の法隆寺近くの、ある病院にコンタクトしていた。連載記事を載せてもらっている建築雑誌の中で「屋上庭園がある病院」として紹介されていたところで、その本の編集長がすごくいいよと押してきたことにもよる。花壇や菜園のある屋上庭園がある療養型病院で、「いい看取り」までの長期間、見てもらえるらしい。良さそうに思えたが、大原から病院までかなりの遠距離である。その上、コロナ禍のため面会時間は面会室で15分だけで、それも月に数回だけという。ベニシアは友人や家族に囲まれていると、いつもリーダーになって、先頭で旗を振るタイプの人だ。でも親しい人が周りにいないと、とたんに静かで元気がなくなる人。もしこの病院に入院したら、友人や家族と会う機会が減るだろうと思われたので諦めた。

他にも運動してからだを元気にするリハビリが目的の、介護老人保健施設（老健）を2ヶ所ほど当たったが、入居期間は3ヶ月までということで、これらも諦めた。そうやって、僕が他の施設にコンタクトしていることを知ると、いま世話になっているグループ・ホームのスタッフは僕を疎ましく感じるようになったようだ。僕はあなたたちを信頼したい。でも、いくらベニシアが怖がるとはいえ、あの目ヤニと歯クソと、延びきった爪ぐらい、どうにかして欲しいよ。

【ベニシア71歳】2022年1〜3月

ベニシアと僕の青春期を書き進める

2021年のクリスマスが近づいた。「ベニシアをイギリスへ連れてこい」という主慈の望みを諦めさせることで、大変で忙しくなるだろうと予想される状況を回避することができた。

クリスマスは西洋人にとって一番大切な日とも言える。その2日後の12月27日はベニシア、続いて29日は息子の悠仁の誕生日なので、親子2人の誕生日を28日に、そして正月のランチ会を1月3日に計画した。25日はベニシアが好きな牡蠣を入れたグラタン、28日は鴨の丸焼きを生まれて初めて焼き、正月3日は魚介のパエリアを作った。

「すごくおいしい」とベニシアは毎回、喜んで食べてくれた。面会制限や禁止が続くこのコロナ禍でも、予約すれば外出を許可してくれる。これが、ベニシアの居るグループ・ホームの最も良いところと言えるだろう。

3回のランチ会でほぼ同じ人数で参加して貰えるように、あらかじめこちらで、参加日

多くの友人や家族が囲んで祝った、ベニシア71歳の誕生日。

と出席者を調整した。ベニシアの身近な友人たちだけでなく、この本の編集の藤井さんやテレビ番組『猫のしっぽカエルの手』のテレコム・スタッフの皆さんも来てくれた。ベニシアにとって、本やテレビは生活するための仕事だけでなく、自分を表現する大切な場であり、ライフワークでもある。仕事関係の付き合いの枠を越えて、いつのまにか皆と友情が育っている。そんな人々が集まるので、僕も料理の腕をふるった。

＊

毎日のベニシアの散歩は、ダウンジャケットとダウンのズボン、それにウールの帽子と手袋で寒さに対処した。グループ・ホームの玄関から外に出ると雪が舞っているときもあるが、20〜30mほどある駐車場をベニシアの手を引きつつ2往復ぐらい歩く。毎回、ベニシアは僕が来るのを楽しみに待っていて、どんなに寒くても一生懸命歩いた。なので、雨天以外は僕もサボれない。

＊

京都府はコロナ対策のため、1月27日からまん延防止等重点措置という体制を敷いた。これによりベニシアの居るグループ・ホームは再び面会禁止となった。では頭を切り替えて、真面目に仕事をしようと思っていた。なのに友人がスキーに誘うもので仕方なしに…と言うべきだが、じつは喜んで近くの小さなスキー場へ出かけた。10年以上前から僕は、登山仲間の泰平《たいへい》君にスキーを勧めていたのだ。

「スキーなんて1度もやったことないし、大人に成って始める遊びじゃないでしょう」と彼はずっとスキーを拒否していた。ところが3年ほど前からひとり密かに始めて、まあまあ滑れるようになったらしい。

ベニシアは子供の頃からスイスのスキー場へ連れて行かれたが、怖くてゲレンデには出ずに、いつもホテルで読書していたそうだ。ところが41歳で僕と一緒になってからは、僕に同行して一緒にスキーで滑った。それを聞いたベニシアの母親ジュリーは、

「ベニシアがスキーをするなんて信じられないことよ。ほんとに、正が好きになったのでしょうね」と語っていた。

2月に入り、福井県にあるちょっと大きなスキー場に、山仲間の郁さんと滑りに行った。その2日後の夜中のことである。あまりに痛さが続くので、ねまきのズボンを脱いで左膝をチェックした。パンパンに腫れて、骨や筋と筋肉の境もなく、まるで丸太のような膝になっていた。ネットで調べると、変形性膝関節症のようだ。膝がギシギシしていたのは、スキーで膝関節を使いすぎて、関節の軟骨がすり減っていたようだ。なんとか足を引きずって歩けるようになるまで10日間、痛みが取れるまで約1ヶ月半かかった。

この膝のトラブルのため、僕はしばらく動けなくなったが、グループ・ホームでは面会

禁止が続いていた。ベニシアがまた歩けなくなるのではないかと、僕は危惧した。

*

このとき、2年前から頼まれていた本の原稿締め切りから1ヶ月半が過ぎていた。すでに2019年に『ベニシアと正、人生の秋に』をベニシアと共著で出していた。その続編は、若い頃に生き方を探してそれぞれが出向いた、インドの旅が中心テーマだ。ベニシアは数年前に書き終えた原稿を眠らせていたから、本が進まないのは僕だけの責任である。

中学・高校生のころの僕は、はっきりと自分は何をしたらいいのか解らないまま日々を過ごしていた。その後インドを8ヶ月ぶらついて帰国した。暮らしていた学生アパートでインドカレーを作り始めて、インドカレー屋を始めた。そんな話を書いたら本は完成するはず。

スキーによる変形性膝関節症のおかげで、僕は真面目に執筆を進めた。執筆だけでなく、ベニシアが描いた絵や、ふたりの若い頃の写真などを探し出しては、本に載せるためにそれらをスキャンした。これまで僕が見たことがなかった絵がスケッチブックにいくつも描かれていた。目が見えなくなったいま、彼女は絵を描くことが難しい。

「こんな風にベニシアは見ていたんだ」と絵を通して胸が熱くなる。こうして、ベニシアと僕のインドと青春の思い出の本を書き進めた。

【ベニシア71歳】2022年5月

アイスクリームで幸せになる日々の始まり

さて、京都府がコロナ対策のために敷いた、まん延防止等重点措置は3月21日で終了したのに、グループ・ホームでは面会禁止が続いていていた。

「いつから面会できるようになるのですか?」と僕が聞いても、施設側からはっきりとした返事がない。とはいえ翌日も僕はグループ・ホームに顔を出し、何故かそのまま面会できた。おそらく伝達ミスだったのであろう。

ベニシアの健康を保つために続ける散歩だが、いつもグループ・ホームの駐車場での2~3往復である。毎日、殺風景な同じ景色を見ていると、さすがに飽きてきた。また、広くはない駐車場での散歩なので、車が出入りするときは邪魔にならないよう脇で待機する必要があった。

ある日、ベニシアを車椅子に乗せて近くの新興住宅地の中にある公園に行った。公園な

夫がベニシアの手を引いて、田畑と山に囲まれた大原を散歩する。

ので、駐車場での散歩のように車に気を遣わなくていいし、固いアスファルトやセメントで固められた舗装道でなく、土のグラウンドや芝生の上を歩けるのがいいと思った。子供用の鉄棒を手すりのように掴んで、ひとりで歩かせてみた。調子がいいとき、僕は介助せずに、ベニシアは何も持たずにひとりで広いグラウンドを歩く日もあった。もちろん彼女は目が見えないので、躓かないように僕はすぐそばに付き添っている。

公園の周囲は木が植えられて木陰はあるが、そこは斜面があったり、デコボコだったりと、目が悪い人が歩くには危険であった。平坦で歩きやすいグラウンドに木陰はなく、5月半ばになると日射しはかなり強くなった。それで木陰のあるコースをあちこち探しながら散歩して、近くを流れる小川沿いの歩道などを見つけて、散歩のバリエーション・コースのひとつに加えていった。

車で少し移動できれば、いい公園がいくつかある。これまで散歩コースへ行くまでは、施設の車椅子を借りて、それに乗せて移動していた。車椅子を車に載せて移動すれば、離れた公園に行くこともできる。

「散歩へ行く約1時間、借りた車椅子を車で移動させてもいいですか?」と介護リーダーに聞いてみた。

「利用者さんみんなのための車椅子なので、それは困ります。必要ならばベニシアさん個人の車椅子を自分で買ってください」というわけで、介護用品業者を呼んで説明を聞き、ベニシアに合った現物を持ってきてもらうことにした。車に乗せやすいよう、軽くて小さく折りたためる車椅子を選んだ。ところが、中国から輸入している部品が入ってこないので、近頃は新たな商品をなかなか入手できないそうだ。商品が入ってくるまでは展示品を使ってもいいことになった。

＊

その展示品車椅子を軽自動車に積んで、賀茂川上流にある公園に行ってみた。まずは駐車場で車椅子を組み立てて、ベニシアを乗せて賀茂川沿いの歩道をグラウンドへ移動する。グラウンドの周りの歩道は大木の並木道が続くので、ずっと木陰で散歩ができた。街から離れた、川と森の自然豊かな公園なので空気もおいしい。20〜30分ほど歩いて帰路につく。「アイスクリームが食べたい」と言うのでコンビニに入った。乳脂肪分が濃厚でベニシアが好きな、ハーゲンダッツのストロベリー・アイスクリームを見つけた。久しぶりに大好きなアイスクリームを口にして、ベニシアは幸せそうだ。グループ・ホームの近くに店はないので、これまでずっと買えなかった。車で移動できるようになった今なら、毎日アイスクリームで幸せになれる。新たな日々が始まりそうだ。

【ベニシア71歳】　2022年7月

宝ヶ池公園を歩く幸せな時間が流れる

ベニシア専用の車椅子を確保したことにより、ベニシアを連れてどこへでも行けそうだ。しばらく前述した公園に通ってみたが、そこにある公衆トイレは急な坂を登ったところにあるので、ベニシアを連れて行きにくいという難点があった。

京都市北部にある宝ヶ池公園は、京都国際会議場の三方を囲むように位置する森と池がある大きな公園だ。公園の西側は五山の送り火の「妙」の西山、東側は「法」の東山の山腹がゆったりと広がる。周囲1.5㎞ある宝ヶ池の周りは、自然に囲まれたジョギングコースとして整備され、かつて若かった頃の僕は毎朝そこへ走りに行った。

ここでベニシアと僕が仲良くなったきっかけを少し話そう。1992年の正月の朝、ベニシアはどうしているかな…と思って電話してみたら、

「クリスマスは子供たちがここに来るけど、正月はお父さんのところへ行くことになっているの。だから私はいまひとり。お雑煮を作るから食べに来る?」と誘ってくれた。

見舞いに来た孫の喜真と、宝ヶ池公園のベンチで語り合う。

「ありがとう。いまから走って行くよ」と僕は応えた。この返事でベニシアは『走ってくるなんて、きっとこの人は私が好きなのだ…』と思ったと、ずっと後になって告白してくれた。じつは、その頃の僕は毎日、宝ヶ池のジョギングコースを何周か走っていたのだ。だからベニシアのところへ走って行ったのは、日課のトレーニングである。いま思えば、僕はベニシアに惚れていた。けれど、まさか彼女が僕を相手にしてくれるなんて、思いもよらないことだった。

＊

話を戻そう。ベニシアの散歩コースにいいのではと、思い出の宝ヶ池公園へ行ってみると、週末のせいか池のそばにある駐車場は満車で入れない。さらに車を走らせて、公園に近い川岸に狭い駐車スペースを見つけた。視覚障害者のベニシアのために、駐車禁止除外指定車標章を取得していたので、それを車のフロントガラスの内側に表示した。

ベニシアを車椅子に乗せて公園に入ろうとするがなかなか難しい。入口は自転車などが入れないように、パイプでゲートが作られている。入りやすい入口はないかといくつか探してみたが、どこもパイプのゲート、または階段であった。公園の出入口を設計した人は、車椅子利用者のことを考えているのだろうか。

入口のパイプの間隔は車椅子がギリギリ通過できる幅しかない。その狭い通路はU字形にカーブしており、しかも坂道の途中にある。車椅子をぶつけないようにして、その狭い通路を登ることはできたが、けっこう腰に力を入れた。帰りは逆に下り坂になるので、ブレーキをかけつつ踏ん張る必要がある。公園に入るだけでこれほど苦労するなんて、実際に車椅子を使っている人でないと解らないだろう。

北園の広場は直射日光が当たって暑いので、公園内を流れる橋を渡って憩の森に向かった。そこにはバリアフリートイレや屋根付きの休憩所もあった。木陰の静かな散歩道を歩いていると、野草を食む野生の鹿がいた。京都市内の公園に、野生の鹿が暮らしているなんて驚きだ。さらに進むと森に囲まれた一角に馬場があった。『京都府警察平安騎馬隊・ご自由に見学してください』の案内板。入ってみると騎手が乗った2頭の馬が運動していて、すぐ横にある馬屋では数頭がくつろいでいる。馬が好きなベニシアにその姿を見て貰いたい。あいにく彼女は目が見えないので、ここがどんなところなのか説明する。馬場から出て車椅子を置いていた休憩所に戻り、ベニシアが乗った車椅子を押していると、「あら、ベニシアさんですよね。テレビで拝見しています」と散歩する人々から声をかけてもらった。こうして毎日、宝ヶ池公園に通う日々が始まった。トイレと休憩所があるので安心だ。梅雨の雨が降る日々は、ずっとこの屋根付き休憩所で過ごした。

毎日の散歩はこんな流れだ。1時40分頃にグループ・ホームに着くと、僕はベニシアを車に乗せてまずはコンビニへ行く。そしてベニシアにストロベリー・アイスクリームを車内で食べさせる。グループ・ホームでは3時がオヤツ・タイムなので、アイスクリーム・タイムとできるだけ時間を離す方がいい。家から持参した金属製スプーンでカップ入りアイスクリームをすくい、僕がベニシアの口に入れてあげる。知らない人が端から見ると、高齢のラブラブ・カップルに見えるかも。それから宝ヶ池公園へ移動して、木陰が続く散歩道を、とりとめない話をしながら両手を添えて散歩する。ときどき娘のジュリーや孫の喜真《きま》も参加してくれた。いま思い返すと、ベニシアが自力で歩けた最後の貴重な時期であった。いつも彼女は嬉しそうに歩いた。思い出すと目頭が熱くなる。こうして毎日ベニシアを散歩させることができて、ほんとに良かった。

ベニシアをグループ・ホームに3時頃連れて帰り、皆と一緒にオヤツ・タイムを迎える。面会に来るのは僕以外にほとんどいないようで、他の利用者さんにも話しかけるように努めた。それでも夕方になると、「なんで私はここにいるの？　家に帰りたい。なんで私の所に誰も来ないの」と毎日嘆き悲しむ女性がいた。『夕暮れ症候群』と言われる症状らしい。

こうして宝ヶ池公園に通って、アイスクリームと散歩でベニシアを喜ばせていた日々は、ある日突然打ち切られることになった。新型コロナによるクラスターが施設内で発生し、再び面会禁止となったのだ。

［ベニシア71歳］2022年8月上旬

僕が山尾三省に夢中になった夏、ベニシアは肺炎になり入院することに

庭で日向ぼっこしていると、「お元気ですか」と隣人が集まった。

7月12日にグループ・ホーム内でコロナ陽性者が確認された。それでグループ・ホーム入居者は居室内隔離となり、面会も禁止となった。5月半ばから続けた楽しみのアイスクリームと公園散歩は、しばらくのあいだ中断せざるを得ない。

「ベニシアさんのコロナ陽性を確認しましたので隔離します」とグループ・ホーム責任者の介護福祉士から7月28日に電話連絡があった。新型コロナウイルス感染症は、2019年12月に中国の武漢市で確認されてから世界的流行が長期間続いている。テレビニュースを見ていると、その頃のイギリスなど西洋諸国では、感染防止のための規制は減っている。コロナ禍初期のような強い危機感は、明らかに減っている。

「尿パッドと歯磨き粉を持ってきてください」と8月上旬にグループ・ホームから電話があった。ドラッグストアでそれらを買って持って行った。ベニシアは高齢なので、コロナ

陽性となったいま、油断できない状況になったと気を引き締めた。

7~8月の夏山シーズンなので、登山雑誌の取材で僕は山へ行くのが通常の流れである。ところがベニシアを気にして毎日面会に通っていたので、仕事はほぼやっていない。コロナ禍で面会に行けなくなった今、読書をして過ごそうと思った。

＊

かつて3年間続けて、取材のため屋久島に通ったことがある。そのとき詩人の山尾三省《やまおさんせい》が1977年に関東から移住した家を訪ねた。彼はすでに亡くなっていたが、僕はそこで彼の本を数冊手に入れることができた。それをまた読んでみた。

60~70年代に彼と仲間達は「部族」というグループを作り、「雷赤鴉族《かみなりあかがらすぞく》」「がじゅまるの夢族」「エメラルド色のそよ風族」などのコミューンを作っていた。関東で無農薬の八百屋や喫茶店などを運営していた三省は、屋久島山中の廃村だった白川村《しらこむら》に1977年から住み始めた。1971年に日本に来て間もないベニシアは、屋久島南西にある島民50名ぐらいの諏訪之瀬島《すわのせじま》に、1967年にできた「バンヤン・アシュラム」(当初の名はがじゅまるの夢族)に行ったことがあるという。

「本土の若者達にぜひ来て欲しい」と、島民たちが、島を訪ねたヒッピー詩人の榊七尾《さかきななお》に相談したのがバンヤン・アシュラムのできるきっかけとなったらしい。

僕が8ヶ月のインド放浪から帰国した1984年に、暮らしていた京都岩倉の学生アパートを改造して作ったインドカレー屋DiDiに、なぜかナナオも来てくれた。僕の親父よりも年上のナナオが何者なのか、当時の僕は知らなかった。DiDiはかつてヒッピーだったような客がなぜかよく集まり、いま思えばベニシアもそのひとりであった。ヒッピー時代のアメリカ詩人であるアレン・ギンズバーグやゲーリー・シュナイダーの名を本で知るうちに、ナナオや三省も彼らと繋がりがあることが解って僕は興味を持つ。1959年生まれの僕はヒッピー世代よりも10~20歳ほど若いので、その頃を知りたいと思うなら読書くらいしか方法がない。たくさんの本を書き残してくれた三省を読めば、ベニシアが日本に来た頃の若者たちの様子など理解できるかもしれないと思っていたのだ。時空を超えて宗教的とも言える三省の透きとおった文章は、まっすぐ素直で解りやすかった。読み進むうちに、僕にとってある意味で衝撃的な文章を見つけた。

三省の妻、順子さんがクモ膜下出血で亡くなった。まだ47歳で突然の死であった。『彼女の骨を食べたのは、火葬したその夜とそれから初七日が明けた夜と合わせて、今度が三度目である。(中略) 観音様の前に正座しつつそれをゆっくりと食べた。骨は焼け切れていて、部分的にピンク色をしており、せんべいのように軽く、カリカリと口の中に砕けて粉となった。少し塩からく、海の味がした。順子は、女というものは、骨になってま

でも海の味をその内に宿している、という、有り難い感触があった。』（山尾三省著、『回帰する月々の記』より抜粋）

奥さんと離れたくない、死んでもずっと一緒にいたい、いつまでも奥さんと一体であり続けたいという気持ちが、三省をそうさせたのだろう。同じ立場になれば、僕もそうしたいと思うだろうか…。人は死んだらどうなるのだろう。肉体はなくなっても、魂は永遠に続くのだろうか。あるいは死ねば全てそれまでで、魂も終わるのだろうか。

*

世界じゅうには多くの宗教がある。人が死んだあとはどうなるのか真実は誰も解らないが、人々が信じるそれぞれの宗教によって、死後の世界の見え方は違ってくるだろう。キリスト教、イスラム教、仏教、ユダヤ教、ヒンドゥー教は世界五大宗教と呼ばれる。それぞれの宗教は、人が死んだらその先はどうなると言ってるのだろう。

読書を通して様々ことを考えながら、夏の終わりの日々を僕は過ごしていた。

「ベニシアさんが肺炎になりました。バプテスト病院へ診察のため連れて行きますが、入院する可能性もあるので来てください。もしそうなると、家族の方による入院手続きが必要になります」と8月24日の朝、グループ・ホームから僕は電話を受け取った。

【ベニシア71歳】2022年8月下旬

「もう長くはない」と言われ、覚悟を決めた。その夜、僕は泣いた

いつも庭で草花の手入れをしていた、元気な頃のベニシア。

グループ・ホームからの電話を受けた僕は、8月24日の昼前にバプテスト病院へ駆けつけた。2階へ上がると、診察を待つ多くの人が座ったベンチの一角に、グループ・ホームの介護福祉士の顔を見つけた。

「お世話になります。どんな状況ですか?」

「ベニシアさんは看護師さんが検査室へ連れて行きました。今は診察する先生から呼ばれるのを待っているところです」。僕は何がどうなっているのか、わからないまま彼の横の席に座った。いろいろ聞きたいことはあったが、診察が始まったら解ることだろうと、そのまま黙って待つことにした。

「いろいろとやることがあるので、私はこれで失礼します」と20分ぐらい過ぎたところで、彼はグループ・ホームへ帰った。しばらく待っていると医者から呼ばれた。診察室に入る

と50代くらいの湊《みなと》先生という女性医師がいて、そこにベニシアの姿はなかった。

「いつ頃からベニシアさんの様子が、今のように変わってきたのですか？」

「あのう僕はベニシアの夫です。グループ・ホームから呼び出されて、ちょっと前にここへ来たところです。ひと月ほど僕は会っていないので、わからないです」

「グループ・ホームの人はどこにいますか？」

「さきほど用事があると言って帰りました」

「え〜どうして？　じゃあベニシアさんのことを誰に聞けばいいのですか？」たしかに先生が言うとおりだ。僕はグループ・ホームが面会禁止になった7月12日から1ヶ月以上の間、ベニシアに会っていない。コロナのクラスターが出たので、本人に電話することも遠慮して欲しいと言われていた。つい2日前に尿パッドとオムツを買ってくるようにグループ・ホームから連絡があり、グループ・ホームの玄関でそれを渡した。

「ベニシアはどんな様子ですか？」と聞くと、

「ベニシアさんは元気ですよ、大丈夫ですよ」と介護福祉士が言うので、僕はそれをそのまま受け取っていた。

湊先生の説明によると、ベニシアはかなり弱っており、しばらく入院させて様子を見るということであった。診察室のある2階から、病室がある4階の通路への移動区間だけ、僕は付き添うことができた。ストレッチャーに寝かされたベニシアはひどく痩せて、死にそうに弱っていた。毎日元気に散歩していた7月上旬は体重が55kgぐらいあったのに、今は37kgだという。おそらくコロナに感染してから、ほとんど食べ物を摂ってないように思われた。僕が誰なのかベニシアは認知できているようだが、ほとんど口がきけなかった。衰弱して喋る力がないのかもしれない。前に緊急事態宣言で40日間面会禁止になった後も、ベニシアは言葉が出なくなっていた。あのときは、人との会話が長い間なかったので言葉を忘れたのだと思う。今回はそれだけでなく、生命力が減少している。僕がベニシアの顔を見ることができたのは、エレベーターで移動する2~3分間だけであった。「元気」とか「大丈夫」という言葉を2日前に聞いたが、この言葉の解釈は難しいものだ。

＊

「ベニシアさんが落ち着かず不安な様子なので、すぐに会いに来ていただけますか」と翌日の夕方にバプテスト病院から電話を受け取った。すでに酒を飲んでいたので、翌日に行くと約束した。バプテスト病院はコロナ対策のため面会禁止なので、しばらく会えないだろうと僕は思っていた。昨日、痩せ衰えて死にそうなベニシアの顔を見て、可哀想でたまらなくなり自分の中で反省が続いていた。帰宅してからは、ため息をつきつつ酒、酒、酒。なんてことだ…、こうなってしまったのは、無理矢理にベニシアを施設に入れた僕のせいだ…と後悔する。

その翌日、僕はバイクを走らせて病院へ向かう途中、涙で前がよく見えなかった。それで赤い目になっていたのかもしれない。

「男は泣いたらアカンと思うでしょうけど、泣きたい時は我慢せずに泣くのがいいんですよ」と病院のスタッフに慰められた。こんなことをこれまで言われたことはなかった。

病院でのベニシアのリハビリは、屋外を散歩して外気に触れること。リハビリ担当の理学療法士と一緒に、ベニシアの車椅子を押して森に囲まれた病院の駐車場を歩いていると、湊先生や看護師さんや栄養士さんも現れた。

「これから先、どうするおつもりですか?」と湊先生。

「これまでの施設ではなく、どこか別の施設を紹介してください」

「家で看ればいいじゃないですか。大原に彼女は帰りたがっている様子だし…」

「でも僕は仕事があるし、自宅看護だと仕事ができなくなるでしょう」

「ならば、ご主人も一緒に施設に入ればいい。施設から仕事に通えばいいじゃないですか」

「それはちょっと…。それに施設に入れば酒も飲めないでしょう」

「飲める施設もどっかにあるでしょう」

「はぁ…」

「私は自宅で看護することをお勧めします。仕事はしなければいい。辞めたらいいじゃないですか」

僕はビックリした。ここまで立ち入って、はっきりと患者の家族に意見する医者が世の中にいるのか。この人は医者なので、働き続けないと食えない一般の人々の生活が、きっとわからないのかもしれない。湊先生の言うことは妥当でないとその時僕は思った。

＊

翌々日、理学療法士と相談の結果、車椅子から降ろしてベニシアを歩かせてみることにした。2人で支えながらなんとか立たせた。フラフラしていたが3〜4歩、足が前に出た。おそらくそれが限界だろう。無理させてはいけないと思った。そこへ湊先生が現れた。

「ちょっと説明したいことがあります」

ベニシアを病室へ送り届けて、僕は湊先生がいる診察室へ向かった。

「これって前に、京大病院で見たとは思いますが…」と言いながら、脳のMRI画像をパソコンのモニターで見せてくれた。

「こちらは2018年8月、こちらは2021年8月に撮った後頭葉の写真です。2018年の後頭葉のこの部分の細胞は厚さ22㎜あるけど、その3年後の同じところは7㎜になっています。今はベニシアさんが怖がるのでMRI検査はできないけれど、5㎜くらいになっているかも。脳は身体じゅうの器官を制御する中心的な役割があります。その脳細胞がこれだけ縮んでいるということは、いつまでも長く元気ではいられないということです。詳しくは脳神経内科の先生の診察の時に、聞いてください」と説明された。これまで脳の断面画像を医者に見せられていたが、ちゃんと解りやすく説明されたことがなかった。湊先生の説明を聞いて、僕は目が覚めたような気がした。

数日後、京大の脳神経内科の専門医から、ベニシアのことを説明された。

「ベニシアさんの命はそう長くはないです。おそらく、あと2〜3ヶ月です。これから先、どうするか考えていく必要があります」

「ほんとうに、そうなのですか？」

「人によっては6ヶ月過ぎても生きている、なんてことがあるかもしれません。ここでは夢や希望を語るのではなく、現実的に受けとめるべきことを言うのが、医者としての私の務めだと思っています」

じつは数日前に湊先生が脳のＭＲＩ画像を見せてくれたときから、僕はそのように言われることをすでに覚悟していた。家に帰りたがっているベニシアを家に連れて帰ることは当然なことである。仕事なんか辞めればいい。自分のパートナーがもうすぐ死ぬのである。きちんとベニシアを看取ってあげようと、僕は覚悟を決めた。

［ベニシア71歳］ 2022年9月上旬

バプテスト病院での介護トレーニングが始まる中、医師が提案した「延命」

ジギタリスやデルフィニウムが咲く6月初旬の庭で。

ベニシアは嫌がるのに、僕はグループ・ホームに入れた。自宅介護にすると、時間もエネルギーも取られて、自分はそれに専念しなければならない。僕はまだ若いし、やりたいこともたくさんある。それでベニシアから逃げて、グループ・ホームに入れた。それが良くないことと百も承知しているのに、目をそらそうとした。グループ・ホームの文句ばかり言うが、こうなったのは僕の責任である。逃げようとしても、とても逃れられない。嫌なのに入れられて、1年1ヶ月そのグループ・ホームにいることを夫から強制されて、今は死にかけているベニシアがここにいる。

＊

「退院したら、ベニシアを大原の家に連れて帰りたいです」と僕はバプテスト病院のスタッフに伝えた。

「それなら大原のご自宅で、訪問診療とか訪問看護をやってくれる医療機関を探してくださいね。大原はここから遠いので、私たちの管轄外になるんですよ。もしも自分でいい医療機関を見つけられないならば、私たちも探すお手伝いをしますよ」

　せっかく信頼できる病院が見つかったと思っていたのに残念だ。

　帰宅して、訪問診療を実施する近郊の医療機関をネットで検索した。渡辺西賀茂《わたなべにしがも》診療所が良さそうに思えて、病院の場所を検索すると上賀茂神社のそばにある。大原も訪問診療に来てくれる範囲に入っているようだ。どういうわけか、僕の記憶の片隅に「賀茂」があった。「賀茂、かも、カモ、カモーン…」と頭の中で繰り返しつつ桃子《ももこ》さんに電話した。

「桃子さん、こんばんは。だいぶ前のことだけど、じーじを見てくれた訪問診療の先生がいいって、勧めてたやん。その人って誰?」

「渡辺先生ですよ」じーじとは桃子さんの父親の竹下晃朗《たけしたあきろう》（注）さんのこと。竹下さんは百歳近くの高齢で亡くなる数日前まで、自家製石窯によるパン作りのイベントを続けた石窯パン研究家である。じーじを看取ってくれた先生と確認できた僕は、ベニシアを渡辺西賀茂診療所の渡辺先生に診て貰おうと思った。

（注）竹下晃朗　著書に『98歳、石窯じーじのいのちのパン』（筑摩書房）がある。

＊

退院後は自宅で介護することを湊先生に伝えたら、

「それが一番いいと思います。週末以外は介護のノウハウを教えますので、毎日トレーニングに来てくださいね」とさっそく次の課題を与えられた。

車椅子で駐車場での散歩を終えたら病室に戻り、オムツの交換と痰の吸引を看護師さんから習う。もちろんベニシアを前にした実践である。痰の吸引は看護師の資格を持ってないと通常できないそうだが、自宅介護では夜中に痰を取るべき状況もあるので、家族は覚えるべきという。ずっと後の話になるが、大原にベニシアを連れて帰ってから、僕は何度も痰を取ることになった。

看護師は口から痰を取るチューブをけっこう深いところまで突っ込むが、素人の僕は15cm以上入れたらダメと説明された。だいたい僕は人の身体の構造がよく解っていない。喉の奥の方に気官の入口である喉頭《こうとう》がある。気管とは肺に繋がる空気の通り道である。食事のときに食べ物が気管に入らないように、気管入口にある蓋の役割の喉頭蓋《こうとうがい》は自動的に閉じる。ベニシアはそのあたりのメカニズムに問題が起きてしまい、正常な嚥下ができなくなった。つまり食べ物を食べられないので痩せ細っていた。仕方がないので点滴により栄養を補給するしかない。

＊

「梶山さんはどこまで、ベニシアさんを延命させようと考えていますか？」と湊先生から聞かれた。僕は延命の意味を理解してないし、それにどう答えたらいいのかさえ解らない状態である。

「今は腕の細い血管（末梢静脈）から点滴で栄養を入れていますが、今のシステムだと薄い栄養しか入れられません。もっと栄養を取るには心臓に近い太い血管（中心静脈）までカテーテルを使って、もっと濃い栄養を点滴する方法があります。または胃ろうといって、直接、胃に栄養を入れる方法もあります。そのどちらかをやりますか？」

「現在も点滴しているし、別システムになるとはいえ、これからも点滴という方向でいいんじゃないですか。胃ろうではなく、カテーテルの方でお願いします」

末梢静脈からの栄養点滴だと1日で80㎉の摂取量である。カテーテルを使って中心静脈まで送るなら、８００㎉と10倍の栄養を摂取できる。胃ろうの現在のやり方は、お腹のあたりから胃にチューブを通して栄養を入れるらしい。僕は古い映画で見た、昔のやり方しか知らなかった。それは口や鼻の穴から胃まで、長いチューブをつけたままにしておく方法だ。そんなものを付けたら鬱陶しいと思われた。

僕が介護トレーニングで病院に通うようになってからは、病院の玄関から入ってそのまま病室に行くことを許された。コロナ対策のため一般の人は面会できないのに、特別に入れてもらえたわけだ。

ベニシアの末梢入中心静脈カテーテル挿入をする日のことである。ベニシアを安心させて、スムーズな進行を計るため、僕もその処置をする手術室のような部屋に入った。手術係の医者と湊先生、看護師が3～4名いた。放射線を避けるための薄い鉛でできた服を着て、僕は怯えるベニシアの手を握った。右腕の肘のあたりの静脈からカテーテル（金魚を飼う水槽のポンプに付いたような、細長いチューブ）を差し込む。部分麻酔をかけているはずだが、ベニシアは何をされているのか解らないので、恐怖のあまり大声で叫ぶ。カテーテルは脇の下まで入ったがそれ以上は進まない。医者はモニターを見ながらカテーテルを押したり引いたり。入らないので一旦抜いて、またやり直すが、脇の屈曲部分より先へは進もうとしない。あまりにベニシアが泣き叫ぶので、

「もう止めてください」と言いたいところを我慢した。おそらく、そこにいたほぼ全員が、もう止めましょうモードに入っていた。ところが手術の医者だけが、

「あともう一回だけ。これでダメなら諦める。別の血管から入れてみます」

新たな血管から入れたカテーテルは、脇の屈曲部分も見事に通過して中心静脈に至った。

「やったー、良かった！」まるでワールドカップ優勝のような喜びがわいた。医者もこんなことで喜ぶんだ…。異生物を観察するようなまん丸の目となって、僕はその光景を見ていた。

【ベニシア71歳】2022年9月下旬

おかえりベニシア。最後まで楽しく幸せな日々が送れることを願って

ベニシアが退院して大原に帰ってからは、渡辺西賀茂診療所へ訪問診療を頼むことにした。レンタルの医療用ベッドや点滴のための輸液スタンド、痰を取る吸引器などが大原の自宅に運ばれて、9月28日の退院に向けての体制が進んでいた。退院前日まで、ベニシアの散歩と介護訓練のため、僕は毎日バプテスト病院に通っていた。

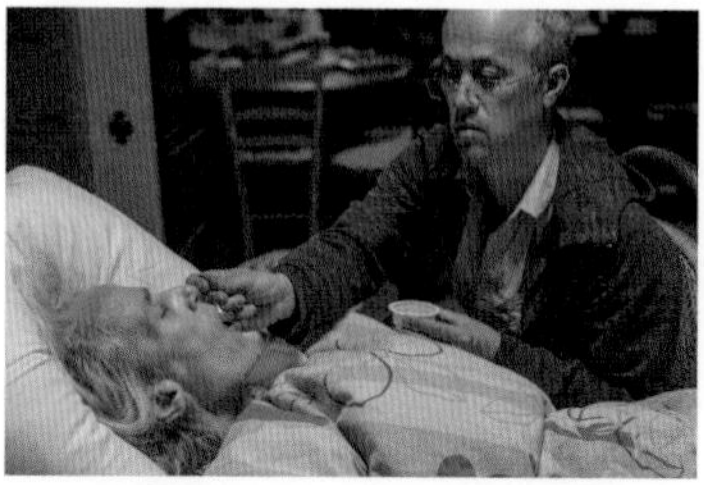

長男の主慈がイギリスから見舞いに来てくれた。

*

その日はバプテスト病院へ行くのに、いつもの白川通を南下する最短コースではなく、用事があったので違うコースをバイクで走っていた。チンチンと警報器が鳴って遮断機が降りたので、僕は叡山電車の踏切の前でバイクを止めた。線路を挟んだ向こう側の遮断機のところで中年ぐらいの女性が何か叫んでいる。

「渡ってくださーい！　危ないでーす！　早く渡ってくださーい！」どうしたのだろうと

思ってよく見ると、踏切のまん中付近に人が立っている。杖をついた60歳ぐらいの男性で電車が通過するのを待っている様子だ。この人は目が見えないと、僕は咄嗟に気がついた。視覚障害者が踏切内で電車が通過するのを待っていて、電車にはねられた事故を前にテレビニュースで見たことを瞬時に思い出した。その人は踏切の外側に立っていると思い込んでいたのだ。もしもそんな現場に自分が居合わすことがあれば、助けなくてはとそのニュースを見たときに思った。これは、まさに同じ状況である。僕はバイクをその場に置いたまま、慌てて遮断機をくぐろうとした。すると背中に担いでいたデイパックが、遮断機の棒に引っかかって、僕は転んだ。右手から近づいてくる電車の音がだんだん大きくなる。すぐに起き上がって駆け寄った僕は、「危ないですよ！」と叫びつつ、その人の手を引こうとした。するとその人はその場で転んでしまった。ひかれるかもと思うが、電車の方を見る余裕などない。僕はその人の両手を掴んで、線路から力づくで引き摺り出すだけで必死だ。レールから50㎝くらい離れたところまで引き摺って、右の方を見た。電車は30ｍくらい離れたところに停まっていた。ふと気がつくと、踏切の向こうで叫んでいた女性が目の前にいる。電車が停まったので、彼女も駆け寄ったのだろう。その老人を立たせて、僕たち3人は踏切の外に出た。踏切の外では10人くらいの人々が見ていたけれど、誰も僕たちに何も言ってこなかった。その女性は老人に励ましの声をかけている。

「じゃ、ちょっと急ぐので失礼します」と僕は2人をそこに残したままバイクで走り去った。その足でベニシアの英会話学校へ行き、頼まれていた物を渡した。そこで事務員の悦《えつ》子《こ》さんに言われて始めて気がついたが、僕のズボンは膝に穴があいて血が滲んでいた。痛かった右手を見ると、2本ほど突き指して腫れている。遮断機を慌ててくぐろうとして転けたときに、怪我したようだ。俺って鈍臭い奴と思った。叡山電車は街中のチンチン電車で、駅の区間が短いのであまりスピードを出さない。だから停まれたのだろう。もしも速い電車だったら、停まれずに僕たちはひかれていたかも。

その日は人助けができて、僕はちょっと誇らしい気持ちになった。そのあとすぐにベニシアのところへ行ったときも、ハイテンションだった。以前にテレビで見たニュースでこんな事故を覚えている。東京の山手線新大久保駅のホームから、線路に泥酔した男が落ちた。その人を助けようとして線路に飛び降りた2人も電車にひかれた。助けようと咄嗟に飛び降りたひとりは、韓国人留学生だった。そのニュースを見たとき、もし僕が外国にいてそういった場面に直面したときに、果たしてできるかと考えさせられた。また別のニュースだが、電車の中で無差別に刃物を振り回すヤツがいて、それを止めようとした人も刺されたという事件だ。僕はそれができるかと、そのときも考えさせられた。

今回の踏切り騒動で僕が動けたのは、事前に頭の中でトレーニングしていたからと言える。視覚障害者の踏切事故をテレビニュースで見たときに、僕はベニシアのことを想像していた。目が見えなくなった人がどれだけ苦労するのか、僕はベニシアを通して考えていた。もしそこにいたらどう動くべきかを、そのニュースを見ながら頭の中でシミュレーションしていたと記憶する。

*

バプテスト病院を退院する日がきた。8月24日に入院していたので36日間もお世話になった。グループ・ホームにいた期間と合わせれば、ベニシアは1年2ヶ月ぶりに自宅で生活することになる。これまで放り出して、ごめんなさい。ベニシアは家でずっと過ごしたかったのに、僕がひどいことをしてしまった。

「大原の家に帰るよ。これからはずっと家で過ごすんだよ」と言うと、不安でいたベニシアの顔が落ち着いた。病院スタッフ数人が病院玄関まで見送ってくれた。介護タクシーに乗って、赤い彼岸花がちょうど満開の大原に着いた。

すでに「渡辺西賀茂診療所」の渡辺先生、訪問看護ステーション「かんご屋」の看護師5名、「ケアサポートいちえ」の介護士3名、紹介してくれた桃子さんが待っていた。ベニシアを家で介護する日が今日から始まる。ちょっと不安な僕がいる。とはいえ、助けてくれる多くの人々がこの家に集まっている。心強いかぎりだ。

「人間は社会を作りその中で生活する社会的動物である」と古代ギリシャの哲学者アリストテレスは、著作『政治学』の中で述べた。それは単に人間が社会を作る、あるいは社会生活を営む社会的存在であると言っているのではない。人間とは自己の自然本性の完成をめざして努力しつつ、善く生きることを目指す人の社会（ポリス的共同体）を作ることで完成に至る、独特の自然本性を有する動物である、と言っている。人はひとりで生きる存在ではなく、社会的なものであると同時に，社会をになってそれを進展させるものである。

ベニシアがグループ・ホームからバプテスト病院に入院となって、その約1ヶ月の間に僕はいろいろと考えさせられた。バプテスト病院の人々と関わり、人間は社会的動物であることを実感する機会であった。そしてこれからは受け身でなく、毎日来てくれるヘルパーや看護師の仕事を積極的に手伝って、ベニシアが楽しく幸せでいられるように努力していこうと覚悟するのであった。

【ベニシア71歳】2022年10月

大原の家で再び始まる介護の日々に、〝介護ウツ〟という言葉が頭をよぎる

いよいよ自宅でベニシアを介護と看護の日々が始まる。ヘルパー（訪問介護士）と訪問看護師が毎日2回、訪問診療の渡辺先生と訪問入浴は週1回、訪問マッサージが週2回といったスケジュールである。

まず朝8時半にヘルパーが来る。酸素飽和度と体温をチェックしたあとオムツを変える。それから飲み薬を混ぜたゼリーを食べさせる。嚥下機能が落ちて普通の食事はできないので、医療用のタンパク質ゼロのゼリーに限られる。水を飲むことさえも誤嚥のリスクがあるということで、飲み物もゼリー状の飲料である。もし、誤嚥してゼリーが気道に入ってしまったときに、タンパク質が入ったゼリーは入ってないものに比べて誤嚥性肺炎になりやすいという。

それからお湯で濡らしたタオルで顔を拭いて目ヤニを取る。それからスポンジブラシで

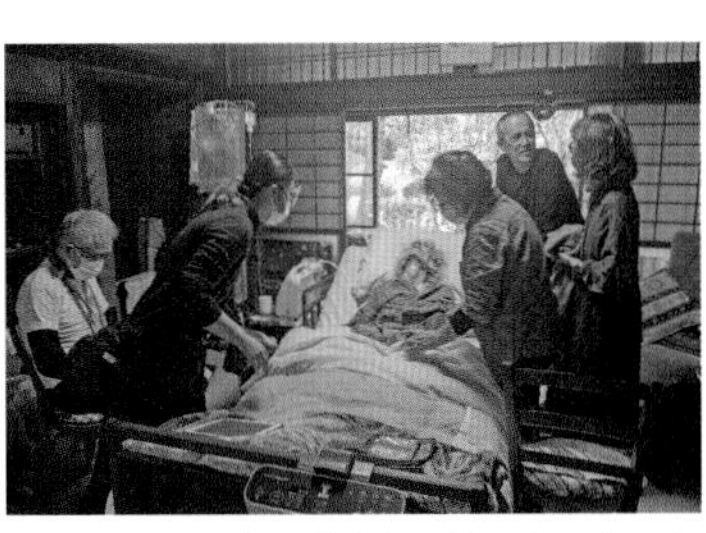

ベニシアを医者や看護師に診てもらう、ある日の訪問診療の様子。

口腔内をきれいにして朝の介護30分が終了する。これらを時間内で終わらせるには、まあまあ忙しい。

口腔ケアとは、単なる歯磨きみたいなものと僕は思っていた。侮ってはいけないという。口腔ケアがおろそかだと、口の中は細菌が繁殖する。その細菌だらけの唾液は、痰に成りやすい。また、その細菌だらけの唾液を飲みこもうとするが誤嚥となって、気道に入ると誤嚥性肺炎になる可能性がある。健康な人なら気道内に唾液が入ると、むせたり咳をして喀出するが、高齢者は喀出する働きが弱くなっている。高齢者死亡原因の中で、誤嚥性肺炎は5位に位置するそうだ。ゼリーを食べさせるだけでも、簡単なことではないと思う。誤嚥しないように、気を遣って食べさせる必要がある。

「あのヘルパーは、ゼリーを食べさせる速度が速すぎると思います。ちゃんとゴクンと飲み込んでいるか、毎回確認しながら次のスプーンを口に入れないと誤嚥するのではないでしょうか」と僕は介護会社のボスに言ったこともあった。介護時間は30分なので、そのヘルパーが急いで食べさせたい気持ちはわかるのだが…。

＊

次は訪問看護師が、朝10時半頃に来る。夕方3時半にも来るので1日2回、それぞれ1時間ほど看てくれる。まず看護師は酸素飽和度と体温と血圧を測る。次にオムツ交換だが、股とお尻をボディーソープを使って洗い、お湯ですすいだあとタオルで拭く。ゼリーの食事では充分な栄養補給ができないので、栄養の輸液の点滴、それに加えて抗生物質製剤や脂肪乳剤の輸液など1日に3種類の点滴を4回セットする。輸液は血管内に留置させたカテーテルというチューブを経て、心臓に近い中心静脈まで送られる。つまり、腕の末梢静脈から中心静脈まで輸液はカテーテルの中を通る。末梢静脈からだと、濃厚な輸液は送れないそうだ。

もしも痰が喉にからんでいたら、吸引器を使って吸い取る。これはかなり痛いようで、ベニシアは嫌がるので吸引する側も辛い。熱があるときは熱冷ましの座薬を、長く大便が出ないときは直腸に指を入れて摘便することもある。こうした看護の作業に約1時間かかる。それから、夜の8時頃にヘルパーが来て、約30分間、朝と同じ段取りの介護をやる。始めのうちは毎晩来てもらっていたが、夜に大便することはほとんどないとわかってから、経費削減のため夜は断ることにした。大便の処置をひとりでやるのは、慣れとテクニックが必要でなかなか大変だが、小便の処置はあまり大変ではない。

*

自宅に戻ったベニシアは、すぐに安心して落ち着いてくれるだろうと僕は思っていた。ところが、グループ・ホームや病院にいたときのような、緊張している状態がしばらく続いた。酸素飽和度は指先をパルスオキシメーターで挟むだけで測れるが、指に力が入っていたら測れない。また、見てないとベニシアはすぐに自分で外してしまう。体温も血圧も話しかけながらゆっくりやらないと拒否される。

オムツを替えるときにベニシアは、ベッドの手すりを頑なに握りしめて、「アー」とか「ギャ～」と大声で叫んで嫌がった。これだけ身体が弱っているのに、どうしてこんなに力があるのだろう。こちらは手すりから手を離そうとするが、すごい握力で掴み続けた。ようやく手すりから指を離させると、次は僕たちの手を掴んだ。力が強いのでけっこう痛い。それでも日が経つうちに慣れてきたのだろうか。僕たちを信頼してくれるようになったのかもしれない。それなりの日数は要したが、ベニシアは介護する僕たちをだんだん受け入れるようになった。

＊

ヘルパーと看護師たちを手伝う僕は、しばしばアドバイスされた。

「介護を始めた皆さんは、必ず腰を痛めます。ベニシアさんを抱えるときの腰の使い方など、気をつけてくださいね」

ベニシアはかなり痩せ細っており、体重は37kgしかなかった。僕は登山するとき、リュックに入れた20kgくらいの荷物をしばしば担いでいたし、若い頃には56kgの重荷を担いだこともある。そうやって登山で鍛えていたから、腰を痛めるなんてそんなヤワな僕ではないと思い込んでいた。ところがベニシアを自宅介護するようになって、10日間が過ぎた頃である。毎日4回のオムツ替えのたびにジワジワと腰が痛くなってきた。おそらく僕は腰の軸の中心で持たず、軸から外れたところが重心となる位置でベニシアを抱えていたのだろう。1~2回だけなら大丈夫だが、1回につき4回持ちあげるのでそれを1日4回なので計16回ぐらい、不安定な姿勢のまま抱えることを毎日続けていた。

また介護を始めてから、僕はよく眠れた日が一度もなかった。緊張が続いていたのだと思う。始めのうちはベニシアのすぐ横にある開け放った部屋のベッドで寝ようと試みたが、ずっとベニシアが気になって落ち着かない。それでさらに奥のドアがある部屋に移動した。それでも眠りが浅い。自分をコントロールできない不安にかられた。精神病レベルに自分は近づきつつあるのかも。「介護ウツ」という言葉を聞いたことがあるだろうか。僕は自分が決して強い人間ではなく、多くの一般庶民の中のひとりであることを実感した。

*

ベニシアが大原に戻ってちょうど2週目。渡辺先生の往診の日が来た。ベニシアの診察が終えた頃、僕はおそるおそる先生に聞いてみた。追い詰められて、力が出ずに、自分の進む方向がわからず、道に迷っていたからだ。

「あの～、ベニシアの診察で来られたのだから、こんなことを僕が頼んでいいのかわかりませんが…。不安で眠れないんです。何か睡眠薬とか、僕も先生に頼んでいいですか？」

「介護を始めた人は皆そうなるものだよ。睡眠薬よりも抗不安薬の方がいいでしょう。でも睡眠薬も準備しましょう。他に問題は？」

「腰も痛いです」

「そうか、腰痛も不眠と同様、皆が歩む道です。湿布を頼んでおきます」

薬が来ると知っただけで僕は安心した。今の状況で僕が診察してもらいに、どこかの病院に行くことは不可能であった。でも家に居ながら僕も先生に診てもらえて、助かったと思った。近いうちに僕は、気が狂うかもという恐怖があったのだ。処方してくれたその抗不安薬と睡眠薬を飲めば、なんとかなるだろう。薬はまだ飲んでないのに、とにかく大丈夫だろうと安心する方向にいた。これってある意味で、プラセボ効果（偽薬効果）がすでに現れたと言えるのかもしれない。

【ベニシア71歳】2022年10〜11月

「大原に帰ってよかった」たくさんの友人に囲まれて幸せをかみしめる

ベニシアが大原に戻ったその日から、友人たちが毎日のように見舞いに来てくれた。前年の東京オリンピックの頃のコロナ緊急事態宣言以降、グループ・ホームでは、家族以外の人の面会禁止が続いた。毎日のように友人たちと会えるのは、ベニシアにとって1年2ヶ月ぶりである。ベニシアは親しい人とずっと近くにいたい、寂しがり屋さんなのだ。目は見えないが、声を聞いてそれが誰なのかは認識できているし、会話の内容も理解できている。ときどき訪問者だけで喋っていたら、「もー」とか「あー」とか言いつつ怒っていた。「自分たちだけで勝手に喋るな、私を中心にして話をしなさい」と言うことなのだろう。言葉の量は減っているが、ゆっくり対応すると、ちゃんとコミュニケーションできる。来訪者が同じ日に重ならないように、マークさんがメールで皆の都合を聞いて、各人が訪問する基本的な曜日を調整してくれた。

友人のフィリスティーとロノさんが料理を作った、2019年のクリスマス。

*

まず、月曜日の11時にチャールズさんがフォルクスワーゲンに乗って来る。「車はドイツ車、女の人は日本が一番」と彼。彼の嫁さんは日本人だ。でも料理は先祖の祖国イタリア料理が好きみたい。いつも彼は京都のパン屋でサンドイッチや調理パンを買ってきてくれた。コーヒーを飲みながら、僕たちは一緒にランチタイム。月曜のパンが僕の楽しみのひとつになった。

2時頃に英国人のアマンダさんが自転車で到着。京都産大で英語を教える彼女は仕事先や修学院の家から、しんどい登り坂を漕いで登ってくる。おそらく彼女は僕と同じぐらいの年齢だと思うが、いつも自転車に乗っているので体力があり若い。日本に来るまでは南米で英語を教えたそうで、全部で6ヶ国の言葉を話すとか。海に囲まれた島国で、外国の言葉を話す必要がずっとなかった日本人の僕は、外国語を話すDNAがないのかもしれない。僕は彼女が持ってきてくれる英国料理が楽しみになった。

火曜日の1時頃には英国人のフィリスティーさんが、日本人夫のロノさんが運転する、50～60年代のアメ車みたいにでかい、赤くて古いマツダに乗ってくる。独特の低いエンジン音がするので、姿を見なくても来たことがすぐにわかる。フィリスティーさんは20歳くらいの若い頃に、何かのプログラムを申し込んで北海道の知床に行ったそうだ。それが終わって一旦帰国したが、英国での生活がつまらなくて、また日本に戻ったという。彼女はベニシアの部屋を掃除したり、英国の伝統的なビーフシチューを作るなど、いつもベニシアと僕に気を遣ってくれた。

2時半頃にベニシアの次女のジュリーが到着。彼女は火曜、木曜、土曜と週3回来てくれるが、いつもお茶を飲んでお菓子を食べ続ける。フィリスティーさんがベニシアの洗濯物をたたんでいるすぐ横にいても、ジュリーは相変わらず手伝わない。

「働きアリの法則」を聞いたことがあるだろうか。働きアリのうち、よく働くのは2割、普通に働くのは6割、ずっとサボっているのが2割、つまり2：6：2の割合である。それではよく働くアリだけを集めてみると、これも誰かがサボりだして2：6：2の割合になる。サボってばかりのヤツばかり集めると、どうした訳なのか働くヤツが出てきて、また全体として2：6：2の割合になるそうだ。

この「働きアリの法則」を人間に当てはめてジュリーのことをポジティブに見ていきたいと思う。

＊

水曜日の10時半頃、大原で暮らすアーティストのノブコさんが現れる。彼女はいつも紫色である。紫色のメガネ、紫色の靴、紫色の服、そして紫色の車で登場する。ベニシアは

「ジュリー」「レベッカ」「キャッシー」の名前をよく口にする。

「なんで私の名前を呼んでくれないの？」

「英国人にとってノブコは言いにくいのでしょう。僕の名はタダシ、でなくてターシになったもんね」と僕は彼女をなだめるのであった。ノブコさんは僕のために手作りの日本料理をいつも持ってきた。

それから午後にアメリカ人のレベッカさんが登場。大学教授の彼女は人文学を学生に日本語で教えている。ベニシアは日本語を普通に喋るが、読み書きはできない。それで、漢字を二語以上組み合わせた熟語を入れて話すと通じなかったが、レベッカさんとは普通の日本語なので、あまり外国人には見えなくなった。

木曜日の10時半頃には、桃子さんとマークさんが来た。陶芸家の桃子さんは、僕がベニシアをグループ・ホームに入れようと考えていたとき反対していた。父親のじーじが世話になった、渡辺先生の訪問診療をずっと勧めていた。ところが、僕は訪問診療や訪問看護のシステムを理解しておらず、ケア・マネージャーの「施設に入るのが当たり前」といった意見に従った。これは失敗だったと今は後悔している。いつも持ってくる、彼女の手作りランチが楽しみになった。

夫であるアメリカ人の日本庭園作庭家、マーク・ピーター・キーンさんは、日本就労ビザを造園家として取得した最初の外国人らしい。大原に引っ越してこれからガーデニングを始めようと張り切っていたベニシアに、ハーブを植えることを提案したのは彼である。『Japanese Garden Design』など日本庭園に関する著書が多数あるが、ほとんどの本は英文である。数年間、アメリカのコーネル大学での講義に呼ばれて、桃子さんとアメリカ生活を数年間続けていたが、また京都に戻ってきた。

金曜日の午後2時半頃と土曜日の午前中はジュリーが来る。働かないジュリーだが、訪問回数はダントツでトップだ。土曜の午前中に半日いてくれるので、僕は1週間分のまとめ買いをしに滋賀県堅田のスーパーへ車を走らせる事ができた。「働かない奴」などと言いつつ、じつは頼りにしている。

悠仁ファミリーは、日曜日または水曜日に来るが毎週ではない。不動産の仕事で休日でも呼び出されたり、子どもの学校の用事などいろいろあるみたいなので、僕はあまり要望を口に出さないようにしている。

毎週決まった曜日ではないが、しばしば時間を作って来てくれる人々もたくさんいる。この本の編集者である元山と溪谷社の編集者の藤井さん。ベニシア主演のテレビ番組『猫のしっぽカエルの手』を作るプロダクション・テレコムスタッフのプロデューサー鈴木さん、監督の菅原さん、助監督の花ちゃん、カメラマンの高野さんたちも、遠い東京からしばしば顔を見に来てくれた。

ブルーベリー農園と飲食店数件を経営している康子さんは、いつもディナーを作って持ってきてくれた。仕事が忙しい毎日に違いないと思われる。なのにベニシアが天国へ旅立つ前の最後の2週間は毎日必ず来てくれた。

*

アーサー・ブリガムさんは、ときどきヒョイと大原に顔を見せた。1971年にベニシアがインドで出会ったアメリカ人男性である。ベトナム戦争の徴兵から逃れて、彼はインド行き航空便を選んだ。5ヶ月間過ごしたハリドワールの瞑想アシュラムを出たベニシアは、日本へ行きたいと思っていた。面識はなかったが、2人は偶然コルカタの街中で出会った。

「母親に旅費を貸してくれと連絡したが、お金の代わりに英国行きの航空券が送られてきたの。でも英国に戻るつもりはない」と語るベニシアに、

「じゃあ、これいらんからやるわ」と香港行きの航空券を彼はくれた。当時は、現在と違って航空券のやり取りを自由にできたようだ。

それから28年後の1999年、アーサーさんは暮らしていたオーストラリアから京都へ移住した。オーストラリアの妻との結婚生活に行き詰まり、新天地を求めた。それが京都

だったわけだ。

「僕がこうして日本で生活できるようになったのは、ベニシアと正のおかげだ。就労ビザを出してくれてありがとう」と今でも彼は僕たちに感謝してくれる。日本で生きていくために、英会話レッスンの仕事を彼はベニシアに頼んだようだが、英語教師の経験がなかったのでグループレッスンは難しいと判断。それで個人レッスンを紹介すると、生徒さんと仲良くなった。日本は彼にとってやはり新天地だ。仕事だけでなく、若く美しい日本人の嫁さんも見つけた。

彼らはアーサーさんの実家のあるマサチューセッツ州で結婚式をあげた。アーサー家を訪ねると新妻は、時代物の家族聖書をアーサーの母親から見せられた。聖書の表紙の内側には一族の名前と誕生日が記されていた。その中に「新島」という漢字を見つけた。同志社大学の創設者「新島襄」（1843－1890）の直筆である。

1864年の夏の夜、当時開港地だった函館から闇に紛れて、21歳の新島は米商船ベルリン号に乗り込んだ。船長はウィリアム・セイボリー船長。時は幕末で、国禁を犯す海外渡航は死罪、密航を助けた船長にとっても命懸けの行為だった。後に新島の密航は船長の船会社に知られ、セイボリー船長は解任されてしまう。ところが船長はそれを恨むどころか、新島がいるボストンを訪ねて彼に再会する。新島も船長の家をたびたび訪ねて、家族のように親交を深めたそうだ。新島を助けたウィリアム・セイボリー船長はアーサーさんの高祖父であった。

＊

まったくこの世の中って、広いようで狭いのかもしれない。いろんなところで出会った人が、なぜかどこかで自分の暮らしと繋がっていたりする。そんな人との繋がりの大切さが、ベニシアの介護をしているとより深く感じられる。

これを書いていて、さらに言いたくなった重要と思えること。ベニシアの介護中に多くの女性が、ご飯を作って持ってきてくれた。僕は料理を作るのが好きだけれど、人が作ってくれたご飯が一番美味い。自分で作ると、その作る過程で味見したり試行錯誤があるので、どんな料理ができるのか当然作る人は全てわかっている。でも人が作ってくれた料理は、新鮮でゾクゾクして感動しつつ食べる。きわめて素朴で単純なことだけど、「ご飯」を食べられることは、嬉しくて、楽しくて、本当にありがたいことだ。

［ベニシア71歳］2022年11月

せん妄のなかで母や乳母を想い、〝人を助けたい〟と叫ぶベニシア

10月に入るとベニシアの長男の主慈が英国から、弟のチャールズさんと妻のエリザベスさんがアイルランドから見舞いに来てくれた。

「あと2〜3ヶ月の命だと医者から言われた」と伝えたので、遠路はるばる来てくれたのだ。渡辺先生は主慈とチャールズさんに、ベニシアを延命することについてどう思うか聞いていた。

英国、アイルランドの両国とも、日本のように点滴や胃ろうで栄養を与える延命措置はしないそうだ。年老いて普通に食べることができなくなったら、回復を望めない人に過剰な医療措置をして死期を引き延ばすことはせずに、自然で安らかな死を待つのが普通だという。日本ではそれを『尊厳死』『自然死』『平穏死』などの言葉を使うのが一般的である。英国とアイルランドだけでなく、欧米ではふつう延命措置はしないという。もちろんこれ

大好きな庭を眺めながら、夢を語り合った日々。

は、病気や怪我から回復の見込みがある人は別である。静かな最後でありたい老衰死を待つ人に、必要以上の医学的な措置をしないということだ。

理屈では解っているが、僕はどうしたらいいのか解らない。いま目の前にいるベニシアの点滴を止めたら、生きていくのに必要なカロリーが不足して、おそらく1ヶ月ぐらいで死ぬだろう。『尊厳死』を望むならそうすべきだが、「今、ベニシアは生きているのだから、このままでいいのではないか」と僕は思う。主慈とチャールズ夫妻は1週間ほど京都に滞在して、毎日ベニシアを見舞いに来たあと帰国した。

*

11月に入るとベニシアの会話が減っていると感じられた。認知症が進み、論理的に考えて話すのが難しいようだ。せん妄により、頭の中の誰かと英語でやり取りしている時間が増えていった。こんな文句や不安をもらすことがあった。

「Go away! Get out of here, ghostbuster!（あっち行って！出て行ってよ、ゴーストバスター！）」

「I don't know where I am.（私はどこにいるのかわからない）」

「I don't know where my brain will be.（私の脳みそはどこへ行ったのでしょう）」

突然こんなことを言うので耳を疑ったことも。

「Next year, I want come to here to help you.（来年ここに来て、あなたを助けたい）」寝たきりでいるのに、助けたいなんて…。ベニシアは人から愛をもらいたいだけでなく、それ以上に人に愛を与え続ける人だったと思う。

「I'm going to die. I want to die.（私は死ぬんだ。死にたい）」そんなこと言わないで…。でもあなたが死んだら、僕も一緒に死にたい…。

「Mummy! Daddy! Dingding!（お母さん！　お父さん！　ディンディン！）」

マミーを呼んだことに僕は驚いた。母ジュリーを見るベニシアの目は、ずっと批判的だったからだ。幼い頃のベニシアは、母に会える時間は僅かだった。母はパーティーなど社交界の集まりに忙しかったし、子育てにあまり興味を示さなかった。母は恋をするたびに、その恋人と一緒になった。そして結婚と離婚を4回繰り返した。結婚する度に変わる新しい父親と「うまくやって行けるだろうか？」と幼いベニシアは悩んだ。「自分はいつ捨てられるかわからない」といった不安な気持ちで子供の頃を過ごした。

大人になって2度目の結婚で、ベニシアはようやく幸せを掴んだと思っていたのに、僕は彼女を裏切った。２００５年に僕は大原の家を出て、岩倉の安アパートでひとり暮らしを始めた。新たな人生を、ある女性とフランスで始めようと思ったのだ。大原ではベニシアの前夫との子や孫達が一緒に暮らしていた。大人になっても働かないし、結婚してないのに子を生んだ。ベニシアと僕が彼女たちの生活を支えていた。「いつまでこんなのが続くのだろう?」と僕は不満だらけ。僕が文句を言うと、ベニシアはいつも怒った。そんな生活が何年も続いていたとき、新たな女性との出会いがあり僕は家を出た。

「そんな勝手に出て行く人とは、別れる方がいい」と康子さんはベニシアを慰めた。ベニシアは落ち込んで、体重が15kgほど減っていたと思う。

「私は待つ。あの人はきっと帰ってくると思う」とベニシアは僕が戻ると、無理矢理に自分を信じ込まそうとしていた。

「悪いね、悪いね」と僕は心の奥底で叫んでいたが、自分を制御できなくなっていた。ブレーキのない車を運転しているみたいだった。周りの景色がいつもと違って、やたら美しく輝いて見えていたのは、恋をしていたのだろう。

でも終わらせた。恐くなったのだ。落ち着いて考えれば無理に決まっている。フランス語ができない47歳にもなるオッサンが、フランスで生活していけるはずがない。ベニシアのところに戻って、僕は謝った。

いま思うに、ベニシアがPCAになったのは、あのとき彼女を悩まし続けて傷つけたことが、遠因になるかも。こうやってベニシアを自宅で介護するのは「本当に悪かった」と、せめてもの罪滅ぼしである。

2019年にアイルランドに住む妹のルルが、大原へ遊びに来た。そのとき、母ジュリーの死はアルツハイマーによって起きた事故死だと、ベニシアはルルから説明された。アルツハイマーは遺伝すると知ったベニシアは、自分もそうなるかもしれないと怖くなった。それ以降、母に対するベニシアの見方が優しくなったように思えた。ベニシアは乳母のディンディンを尊敬していたことを僕はこれまで何度も聞かされた。

死が迫りつつある今、ベニシアは自分の両親に語りかけていた。それだけでなく乳母のディンディンを呼んだのは、ベニシアにとって彼女は親と同じ存在であったのだと思う。

＊

ベニシアの父、デレク・スタンリー・スミスはベニシアの母ジュリーと別れた後、ロシア人のヘレンと結婚してスイスのレマン湖の畔にある小さな家で暮らしていた。1957年に初めてその家を訪ねたベニシアは、まだ6歳の少女だった。レマン湖に落ちる夕陽の情景を書いたベニシアの文章がある。

『外を見ると、細長い芝生の庭に沿って、白いデイジーと、黄色や紅色のユリとグラジオラスが咲き乱れる花壇が湖畔まで続いていました。夕陽の中で、虫たちが踊るように飛んでいます。父の家が、湖のこんな近くに建っているとは思いませんでした。空の向こうに沈みつつある夕陽を浴びて、藍色の湖面には、ピンクや紅色の光の流れがきらめいています。私は湖畔まで走って行き、小さな木の防波堤に腰を下ろしました。ちょうど燃えるような丸い太陽が、山の向こうに消えて行くところでした。

「待って、待って！　まだ行かないで！」と叫びましたが、やがて太陽は山の向こうに姿を消してしまいました。後を追ってきた父が、背後から私を抱きしめてくれました。

「太陽は明日、またやってくる。今は、地球の反対側にいる子ども達の様子を見に行ったんだよ」

「太陽を追いかけて行ったら、ずっと夕陽が見えるのかしら？」』

（猫のしっぽカエルの手・ベニシアのエッセイ集・英国里帰り編〔世界文化社〕）

＊

前記の本の最後にベニシアは、アメリカ人牧師チャールズ・ヘンリー・ブレント（1862〜1929）の詩、『帆船』を載せている。レマン湖に落ちる夕陽を書いたベニシアの文と『帆船』の描く情景がリンクする。死とは何か？『帆船』も読んで欲しい。

The Sailing Ship - Bishop Charles Henry Brent

What is dying?

I am standing on the seashore.
A ship sails to the morning breeze and starts for the ocean.
She is an object and I stand watching her
Till at last she fades from the horizon,
And someone at my side says, "She is gone!" Gone where?
Gone from my sight, that is all;
She is just as large in the masts, hull and spars as she was when I saw her,
And just as able to bear her load of living freight to its destination. The
diminished size and total loss of sight is in me, not in her;
And just at the moment when someone at my side says, "She is gone", There
are others who are watching her coming,
And other voices take up a glad shout,
"There she comes" — and that is dying.

帆船―チャールズ・ヘンリー・ブレント司教

死とはどういうこと？
私は海辺に立っている。
一艘の船が朝の風に乗って、海に向かって走り出す。
その船をじっと見つめていたら、
水平線の向こう側に消えてしまった。
「船は行ってしまった！」とそばにいた人が言う。
どこへ行ったのだろう？
船は私の視界から消えただけだ。
マストもスパーも船体も、私が見たときと同じ大きさのままで存在している。
船がだんだん小さくなり、やがて姿を消したのは、私の視界の中だけの出来事。
そばで誰かが「船は行ってしまった」と言ったときも、
船が来るのを見る、向こう側の人たちがいる。
「船が来た」と向こうの人たちは、
喜びの声をあげていたに違いない。
死とは、そういうこと。

【ベニシア72歳】 2023年2〜6月

延命するとか、平穏死とか、理屈ではわかっているつもりだったのに…

年が明けた頃から、ベニシアの体温はずっと37度以上の微熱が続いた。体内に細菌が増えると、なぜか発熱するという。細菌が増えないように日々、抗生剤の点滴を続ける。しかし、同じ抗生剤を長く続けると、耐性細菌が増えてその抗生剤は効かなくなるそうだ。

レスパイト入院という制度があることを知り、利用してみようと思った。respiteとは小休止・中休み・息抜きを意味する英語である。レスパイト入院とは介護者の休息を目的とし、患者を一時的に病院に入院させる制度。ベニシアは点滴で栄養摂取しているので、一般介護施設でのショートステイは利用できない。医療的サポートといった看護が必要な患者も利用できる制度がレスパイト入院である。

2月から3月にかけての約2週間、僕はレスパイト入院を利用して北海道の山へ取材山行に出かけた。その間、ベニシアはバプテスト病院の世話になった。入院している間に、

桜並木が続く大原のこの場所が好きだった。

医者は抗生剤の種類を変えたようだ。それまで毎日、ベニシアは微熱が続いていたのに、僕が北海道から帰ると平熱に戻っていた。僕も気分転換できて新たな気持ちで自宅介護に取り組む意欲が湧いていた。ところが、それから日が経つうちに、また微熱が続くようになってきた。ベニシアが付けている末梢挿入中心静脈カテーテルの使用期限は、半年間ぐらいだと装着した時に医師から説明されていた。

「また、カテ熱が出るようになりましたね」と訪問診察の渡辺先生。カテ熱とは、カテーテルの表面に細菌が定着して、発熱や悪寒などの感染症としての症状が出ることらしい。

5月上旬でベニシアは、カテーテルを装着して8ヶ月になる。渡辺先生は使用期限が来たカテーテルを取り除く時期にあると判断したが、それを外すバプテスト病院の予約が取れないらしい。それで渡辺先生は5月22日に京都鞍馬口医療センターへ救急入院させた。ベニシアの血管が細くなったのか、カテーテルに血管が密着して外すのに苦労したそうだ。

僕は5月下旬に1週間のレスパイト入院の予約を、バプテスト病院に入れていた。それで京都鞍馬口医療センターに救急入院した3日後には、バプテスト病院へ転院することになった。こういう場合、最終的な判断は主治医のいる病院に委ねる流れになるようだ。

「もう延命はしませんよね」とバプテスト病院の湊先生。再びカテーテルは付けないと平然と言う。栄養を補給させないと、ベニシアはどんどん痩せこけて衰弱するのではないか。

「え〜っ、僕はどう返答していいか解らないです」としか言いようがなかった。医者はこれまでにたくさんの症例を見てきているので、今のベニシアが、一生の中でどういう位置にいるのか解るのだろう。でもそういうことは僕には解らない。大切な伴侶の前で、何もできずに、ただ死んで行くことを見守ってやりなさいということなのか…。

「6月5日に退院に向けてのカンファレンス（会議）をしますので、それまでにどうしたいか、よく考えておいてください」と湊先生。僕はどんどん追い詰められているようだ。延命か平穏死の選択をしろという。いつまでも先延ばしにはできないところに来ている。

＊

遅まきながら、延命とか平穏死について考えたかったので、死を向かえつつある患者や、高齢者に関わる医療関係者が書いた本、看取りについて書かれた本を数冊手に入れた。カテーテルを装着しないとなると、水分と栄養をどうやって取ったらいいのだろう。その方法は、大きく分けて3種類ある。経腸栄養法、静脈栄養法、持続皮下注射の3種類である。静脈栄養法は、カテーテルを付けないとなると充分な栄養は取れない。湊先生は「皮下注射に切り替えるしかない」と言っていたけど、それがどういうものなのか僕は解らない。ペットの犬や猫の手術時や弱ったときは皮下注射で栄養を与えるという。動物に点滴などしたら、うっとうしがって外してしまうからだ。経腸栄養法の胃ろうをすれば、栄養が取れるのではなかろうか。胃ろうの管を付ける手術は、大変ではないと聞いた。

桃子さんの父親のじーじは、渡辺先生が診ていた。僕はどうしたらいいのか悩んでいたので、桃子さんに電話してみた。すると、

「経験が深い真面目な医者が、熱心に一生懸命診てくれているのだから、安心して先生に任せたらいいじゃない」と桃子さん。

「でも、カテーテルをもう外してしまった。これからはお腹に注射して栄養を取る方法に切り替えると聞いたけど、そんな方法で、ちゃんと栄養が足りるんだろうか？」

「正さん、あなたは医者じゃないでしょう。ちゃんとした医者が診てくれているのに、ド素人のあなたが何を言ってるの？」

もう死が近いベニシアには、あれこれ延命処置などせずに、暖かく見守って静かな平穏死を迎えられるようにしてあげるのがいいと、理屈では僕もわかっている…ハズである。でも、ただ「死は悪だ。死を避けたい。少しでも長く生きて欲しい」と願う、もうひとりの僕がいる。混乱した僕は、桃子さんから慰めと励ましの言葉を期待していたのかもしれない。

「ベニシアに胃ろう栄養法をしたらいいのではないかと僕は考えているけど、どう思いますか？」と康子さんにも電話してみた。

「あなたが納得できるまで、医者や家族と相談すべきだと思います。胃ろうがいいかどうかは、私は解らないです。私の母の時は、私と娘と息子でどうすべきかの意見が分かれました。お互い納得がいくまで、話をするしかないと思います。医者がどう言おうと、あなたがそれに納得するならそうすればいい。納得できないならば、あなたの意見をちゃんと押せばいいと思いますよ」と康子さん。僕はあれこれと後悔しないためにも、自分の考えをハッキリさせなければと思った。

＊

6月5日、カンファレンスの日が来た。バプテスト病院の待合室に座っていると、介護や看護や薬局、介護用品レンタル会社の社員など知った顔がたくさんいた。時間が来たので4階の会議室に上がっていくと、先ほど待合室で見た顔が集合していた。ベニシアのために、こんなにたくさんの人が集まるとはビックリした。待合室で待っている間に、訪問看護師の黒田さんに僕は、胃ろうについて少し喋っていた。会議が始まると、すぐに黒田さん。

「正さんは、胃ろうはできないのかと考えているみたいですよ」

「どうして胃ろうを？」と湊先生。

「カテーテルを外したので、もう充分な栄養が取れないのでしょ？　だったら胃ろうに頼るしか、ほかに方法がないのでは？」と僕。

「胃ろうはリスクが高いです。ベニシアさんは、かれこれもう10ヶ月も胃から栄養を吸収してないでしょう。胃が栄養を吸収してくれないと思います。栄養の液体が逆流して、気管に入る可能性があります。それならカテーテルを中心静脈に埋め込む手術をして、そこに栄養を入れる方がリスクは低いです」

「じゃあ。そうしてください」

「いまベニシアさんは手術に耐える体力がないので、この入院中にはできません。いったん家に連れて帰って、体力が回復した頃にどうしても…と言うのでしたら、その時にやりましょう。ところでベニシアさんに会いましたか？」

「いいえ、もう10日間以上会ってないです」

「じゃあ、会いに行きましょう」

病室には静かにベッドに横たわったベニシアがいた。元気がなさそうだし、不安で怯えた様子だった。痩せこけてしまい、生命力がかなり減少しているのが見て取れた。涙が出そうだ。身体がフリーズしそうだが、僕は手を握りしめた。

「ベニシア元気か？　正だよ。3日後に退院できるよ。もうすぐ大原の家に帰るよ。だからもう少しだけ待っててね」できるだけ明るい声で、話しかけることしか僕はできなかった。

【ベニシア72歳】

2023年6月21日午前6時30分

ベニシアは永遠の旅に出た。生きることの尊さを伝えて

カモミールを干して、リラックス効果が高いハーブティーを作る。この写真を遺影にした。

6月8日にベニシアはバプテスト病院を退院した。病院スタッフに見送られて、大原まで介護タクシーに乗った。なぜか、ベニシアと再びこの病院に戻ってくることはないように感じられた。大原の自宅ではすでに訪問看護師がベニシアを待っていてくれた。酸素飽和度、体温、血圧など一連の計測をすませて、オムツを交換して、静脈に注射針を刺して点滴をセットした。看護師を見送ると、僕はベニシアに聞いた。

「藤井さんがあとで見舞いに来てくれる。ベニシアが好きなハーゲンダッツのストロベリー・アイスクリームを彼女に頼んでいる。いま食べたいだろうけれど、もう少し待って。今はゼリーを食べる？」

「食べたい」

「ふつうのゼリーと凍らせたシャーベットタイプとどっちがいい？」

「シャーベット」

冷凍庫から凍ったゼリーを準備した。

「はい、アーンして」

シャーベットを口に入れたベニシアは、しばらく咬んでゆっくりと飲み込んだ。

「おいしい」とベニシア。前に比べて、食べ方はぎこちなくなっていた。でも満足そうな顔をして全部食べた。良かった。2時に、この本の編集者である藤井さんが見舞いに来た。お楽しみのアイスクリームをあげるが、4スプーンくらいあげたところで、

「もういい」とベニシア。つい2時間前にシャーベットをたくさん食べたところなので、いっぱいなのだろう。

夕方、ベニシアにゼリーをあげようとしたが、3分の1くらいしか食べなかった。早朝4時頃、ベニシアは何かを言おうとしていた。喉が渇いたのかと思って、ポカリスエット・ゼリーをあげるがあまり食べない。それでオレンジ・ゼリーに変えてみたが、飲み込みが悪く2口ぐらいしか食べない。


9日。朝、ヘルパーが来て体温を測ると、39度の高熱が出ていた。酸素飽和度も78%と極端に低い。これは空気が薄いヒマラヤの高峰を登山しているようなしんどさと思われる。

ちなみに健康な人の酸素飽和度標準値は96〜99％である。ゼリーを5分の2ぐらい食べた。夕方4時頃、看護師に熱冷ましの座薬カロナールＳＰ４００を入れてもらう。痰が頻繁に出て、しんどそうである。イギリスで暮らしているベニシアの息子の主慈に電話する。もうあまり長くないと思われるので、会いに来るようにと伝えた。

10日。『猫のしっぽカエルの手』を作っているテレコムスタッフ・プロデューサーの鈴木さん、監督の菅原さん、カメラマンの高野さんが東京から見舞いに来た。酸素飽和度は87％、体温38度以上の高熱が続いている。夕方4時頃、ケアマネージャーと管理栄養士が来訪。

「ベニシアさんが食べられそうな流動食を、これから作っていきましょう。明後日に来ますから」と約束してくれた。長く途絶えていた食べることに、再び挑戦させようという。楽しみである。渡辺先生もやって来た。これまでは誤嚥のリスクを避けるため、医療用ゼリーしかあげなかった。食べることは、人生の楽しみのひとつ。その楽しみを再び感じてもらいたい。これから新たな流れを作ろうとしている。

いつもニコニコしている渡辺先生は、ああしろ！　こうしろ！　と、決して無理強いしない。常に患者や家族の側に立ってくれる医者である。いまベニシアは人生の最終段階にいる。

「できるだけ残りの人生を楽しんでもらおう」とは言わないが、先生や医療スタッフ皆の雰囲気から、そういうオーラが感じられた。

11日。悠仁とジュリーが見舞いに来てくれた。ジュリーが主慈に電話して、日本行きの航空券を手配したことを知る。

「ベニシアさんは誤嚥性肺炎になっています」と渡辺先生。ゼリーはとりあえず中止にする。そして常時、酸素マスクを装着する。

先生が診察を終えて帰るとき、僕も玄関から外に出た。

「あの～、僕のせいなんです。僕がゼリーをたくさん食べさせたから、ベニシアは誤嚥性肺炎になってしまったんです」

「あなたのせいではないです。ベニシアさんはおいしいと喜んで食べたのでしょう。だったら良かったじゃないですか。あなたは悪くない。誰も悪くない」

僕は泣きたいのを堪えていた。先生が僕を慰めてくれたのは嬉しかった。でも、ベニシアはもう長くない。やはり僕のせいだ。僕が悪い。ベニシアが死んだら、あとを追おうと、心の奥の奥の奥で僕は決めた。

12日。だいぶ前から予約していた庭師のバッキーが植木剪定に来た。チャールズさん、続いてアマンダさん、康子さんも見舞いに来てくれた。菅原さんと高野さんは、皆の様子を小さめのカメラで動画撮影している。ベニシアはほとんど喋らなくなっている。

13日。主慈がイギリスから帰国した。主慈の声を聞いたベニシアは嬉しそうで、安心した顔になった。悠仁は6月から会社を辞めると上司に伝えたが、残した仕事があるのでそれが終わるまで大原から出勤するという。

夕方、毎日差し入れてくれる康子さんのご飯を食べていると、「お父さん、ベニシアの痰を取った方がいいかもよ」と悠仁。僕はベニシアの様子を見たが、緊急事態ではないと思った。

「ご飯が終わったら吸引するよ」急いでご飯をかきこんでいたら、「梶山さん、なんかヤバいかも。痰みたいなのが喉の奥に見えたよ」と高野さん。見ると喉を塞ぐように巨大な痰が張り付いていた。これって、マジでヤバいかも。すぐに吸引器のスイッチを入れてパイプの先をその痰に当てるが、痰の粘りが強くて、パイプの中に吸い込まれない。吸引器の圧力を上げて、痰をパイプの先にひっつけた。その状態でスポンジブラシを添えて、超粘っこい痰の塊をソロソロと引っ張り出した。指で摘まむことができるほど固い痰である。高野さんが呼ばなかったら、ベニシアは死んでいたかもしれない。

15日。渡辺先生が手配して、強力な酸素吸入器に変えた。ベニシアは口呼吸しているから鼻ではあまり吸っていない。それで鼻カニューラでなく、口と鼻から吸える酸素マスクに変えた。しかも、無駄なく酸素を吸えるという、空気を貯める別室が付いた構造のマスクである。前は睡眠不足にならないよう、僕は奥の部屋で寝ていた。ところが今は、ベニシアのベッドのすぐ脇に布団を敷いて寝ている。ベニシアに何かあったとき、すぐに対応できるようにそうしている。強力な酸素吸入器に変えたおかげでベニシアはよりたくさん酸素が吸えるようになった。

17日。おそらく主慈が連絡したのだろう。ベニシアの長女が見舞いに来て、2時間ほど大原で過ごした。7年ぶりの来訪であった。かつて彼女とはもめることが多かったので、ベニシアと僕は距離を置くようにしていたのだ。僕がそばにいると彼女は居心地が悪いかもと思い、僕は離れたところにいた。後で知ったことだが、ベニシアは嬉しそうな顔をしていたという。良かった。ずっと離れていても、血が繋がっている親子や家族とは、そういうものなのかもしれない。

18日。1日おきくらいの割合で点滴漏れがある。また、前日使っていたチューブから点滴の輸液を入れようとしても、流れないことがしばしばあった。その度に、血管に針を刺して新たな流路を作る必要があった。注射針を刺そうとする看護師はベニシアの血管が細いので苦労する。細すぎるので、針が血管を突き抜けてしまうことも。針を刺す瞬間に痛がって動くので、僕は手や足を押さえた。こんな苦行が毎日続くなんて可哀想である。

19日。痰が多くて日に数回、吸引する。口の中を観察していて気がついたが、口内の皮膚全体が白く薄い膜のようなものに被われている。酸素吸入器から酸素を吸い続けているので、口の中が乾くのだろう。唾液や痰が乾燥して膜のようになるのかも。あるいは細菌と戦う抵抗力が衰えてきているので、細菌の作用で膜ができるのかもしれない。その膜全体が湿るように、水を含ませたスポンジブラシで口の中を撫でてみた。水を含んだ膜は剥がれそうになる。でも、もしかしたらこれは皮膚なのかも…と思いつつ、膜を引くとペロリとめくれた。皮膚ではなく、それは謎の膜であった。その話を渡辺先生にすると、

「それは梶山さんが見えるところなので、そうやって剥がすことができたのです。もしか

したら、そのような膜が気管の中や肺の内側にもできているかもしれません」

僕は想像する。もしそうならば呼吸しづらいだろう。だから今は酸素吸入器をフルパワーで動かしても、ベニシアは肩を上下させるぐらいに深く呼吸を続けているのか。呼吸するだけで大変な体力を使っているが、1日の点滴による栄養分はたったの80kcalしかない。まもなく力尽きてしまうだろう。生きていくとは大変なことである。

20日。前日のベニシアの血圧は最大血圧が71、最小血圧が48と極めて低くなっていた。健康な人の正常血圧は最大血圧が１２０、最小血圧が80くらいである。そして今日は低すぎて血圧計で測れないので、看護師の特殊テクニックで測り（どうやったかは不明）、最大血圧が50以下であった。酸素飽和度もパルスオキシメーターで測れなかった。身体が衰弱して、心臓から血を送り出すパワーが弱いので、血圧が上がってくれない。手先や足先の体温が低くなっている。血が身体の末端まで届かないのだろう。布団をめくると、手先と足先の皮膚が紫色に変わりつつあった。ベニシアはもうすぐ死ぬことが僕にもわかった。

明日は夏至の6月21日。一年で最も太陽のパワーが強い日だ。ベニシアはその日を死ぬ日と決めたのだ。彼女らしいと思う。目が見えなくなってからのベニシアは、起きていても寝ていても、目を開けたままにしていることがよくあった。ベニシアの目を見ると、今日になって眼球の透明な部分である角膜と水晶体が、白濁しているように見える。昨日までは、透明な澄んだ目をしていたのに。目が乾燥しているのかもと、悠仁が車を走らせて目薬を買ってきた。それを目に注してみるが、ベニシアからは何の反応もなかった。夕方になると白濁していた角膜と水晶体は、ほんの少し緑色を帯びている。昨日まで必死で深い呼吸をしていたのに、今日の呼吸は浅く短い。僕は覚悟した。心の準備はできている。悠仁も主慈も覚悟していることだろう。

ベニシアのベッドの高さを一番低い位置まで下げて、僕はそのすぐ脇の畳の上に布団を敷いて寝た。悠仁は隣の部屋のベッドで寝た。夜中に何度か目が覚めて、僕はベニシアを見た。浅く呼吸していた。

21日。朝の6時10分に目覚まし時計が鳴った。外はすでに明るい。悠仁が起きてベニシアを覗き込んでいる気配を感じたが、悠仁はそのまま起きて職場へ向かう準備をしているようだ。僕はそのまま布団から出ずにウトウトしていた。

突然ハッとして僕は目が覚めた。横に寝ているベニシアを見る。静かだ。酸素マスクをベニシアの顔からずらした。息をしていない。でも彼女の顔は温かい。

「ベニシア…」

「ベニシア」

僕は彼女が死んだことがわかった。時計を見ると6時30分。

「ユウジン」と僕は悠仁を呼んだ。

「どうしたん？」

「ベニシアは息をしていない」


なんで、僕はまたウトウトしてしまったのだろう…。

ハッと目が覚めたのは、ベニシアが呼んでくれたのに違いない。

「よくやった。よく頑張った。最後の最後までよくぞ生き抜いた。おめでとう」

ベニシアに朝陽が射していた。

生き抜くことの尊さを、彼女は身をもって教えてくれた。人間として生まれて、この命に感謝しつつ、苦しくとも楽しいことに目を向けて、最期まで人生をまっとうしたあなたに強い存在を感じる。

彼女は天上へ旅立った。静かに光るベニシアを感じる。ベニシアは神様になったのだろう。

ありがとう。

Chapter 2

ベニシアの「おいしい」が聴きたくて僕は夢中で料理を作った

故郷の食べ物を囲んで、友人たちとわいわい語るのが好きだった

肉じゃがのようなアイルランドのおふくろの味

アイリッシュ・シチュー

アイリッシュ音楽をBGMに、ベニシア定番のシチュー

一緒に暮らすようになって、ベニシアはアイリッシュ・シチューをよく作ってくれた。この料理はアイルランドではラム肉を入れる。ラム肉は日本では手に入りにくいので、塊のベーコンを彼女は使っていた。それにじゃが芋と大きくざく切りしたキャベツが入っていた。時間をかけて柔らかく煮たキャベツは、味がよく染みて美味しかった。チーフタンズ、メアリー・ブラック、クラナド、エンヤ、ヴァン・モーリソン、U2といったアイリッシュ音楽を聴きながら、彼女は料理を作っていた。それらの音楽を一緒に耳にするうちに、僕はアイルランドへ行ってみたいと思うようになった。

アイルランドでの思い出の味はやっぱり…

94年の夏に、生まれてまだ半年の悠仁を連れて、ベニシアと一緒に僕は英国やアイルランドで暮らす彼女の親戚を訪ねて回った。ベニシアの母ジュリー、弟のチャールズ、妹の

マトンやラム肉が手に入らない場合は、牛肉や豚やベーコンで代用する。日本料理の肉じゃがのように、野菜のメインはじゃが芋。じゃが芋はアイルランドの主食である。

固まりのままキャベツを、軟らかくなるまで煮る。ナメコを入れるとトロミがでる。

出来上がったアイリッシュ・シチューをパセリで飾り、パンを添えて出す。

ルルは1969年頃からアイルランドで暮らしていた。競馬が好きなジュリーは、競走馬の育成に挑戦しようとアイルランドに移住したそうだ。

僕たちはイギリス北部のスコットランドを旅したあと、北アイルランドへフェリーで渡った。ラジオを聞きながら北から南へ運転していると「北アイルランドのパブがIRA（アイルランド共和軍）により爆破された」といった、きな臭いニュースが流れていた。はるか昔の1649年、アイルランドはイギリスにより植民地化された。1931年にはアイルランドは主権国家となり、1949年にはイギリス連邦を離脱するが、北アイルランドは今もイギリス領となっている。IRAの目的は、全アイルランドを統一することであった。

「イギリスに対抗している国で暮らすイギリス貴族のあなたの家族は、ここで危険を感じないの？」

「大丈夫よ。ルルの夫はアイルランド人だよ。皆、優しくてイギリス人とも仲がいいよ」とベニシア。話に熱中して運転しているうちに、危うく車はカーブを曲がれないところだった。アイルランドの高速道路は日本に比べるとけっこうきついカーブがあり、そのうえ路面の状態が悪いので危険が多い。IRAを気にするよりも、今はただ運転に集中すべきだ。

僕たちはアイルランド中部のダーグ湖畔で暮らすベニシアの家族を訪ねた。ベニシアの言うとおり家族は地元の人たちと仲が良く、母のジュリーはアイルランド男性と一緒に暮らしていた。しばしば近所のパブで、地元の人たちとギネスを飲んだ。しばらく一緒に過ごした後、ベニシアと悠仁を妹ルルの家に残したまま、僕はアイルランドの田舎を数日間ひとりで旅した。食事のためレストランやパブに入り、どんな料理なのかメニューを見てもさっぱりわからないときは、だいたいアイリッシュ・シチューを頼んだ。店により食材や味付けが様々なのが興味深い。これは日本の肉じゃがや五目煮のような、一般庶民の料理なのであろう。

ダーグ湖に落ちる夕陽を眺めるベニシアと息子の悠仁。

ベニシアの母のジュリー（左前）とアイルランドの家族たちと一緒に。

大原の我が家のキッチンでアイリッシュ・シチューを料理する筆者。

Recipe

アイリッシュ・シチュー(4人前)

材料

マトンまたはラム…600g
キャベツ…1/2個
玉葱…中1個
人参…中1本
じゃが芋…4個
マッシュルームまたは
　ナメコ(あれば)…1パック
水…6カップ
ベイリーフ…2枚
パセリ…適量
タイム…適量
ブイヨン…1個
塩と胡椒…適量
オリーブオイル…適量

作り方

❶野菜と肉を大きめに切る。
❷鍋にオリーブオイルを入れて玉葱を透き通るまで炒める。
❸②の鍋に水、マトン、人参、じゃが芋、ベイリーフ、タイム、ブイヨンを加えて45分ほど肉が柔らかくなるまで煮る。
❹③にキャベツとマッシュルームを加え、塩と胡椒で味付けする。
❺シチュー皿に盛り、パセリのみじん切りをふりかける。

イギリスの羊飼いに想いを馳せたベニシアの得意料理

シェパーズ・パイ

未知の味をもたらした西洋料理にカルチャーショックも

シェパードshepherdとは羊飼いのこと。「Shepher's pie」で「羊飼いのパイ」という英語の料理名となる。水を加えてこねた小麦粉とバターで作るパイ生地は使わずに、マッシュポテトがミンチを覆うイギリスの庶民料理のひとつだ。イギリスではマトンやラムを使うそうだが、日本で羊肉はなかなか手に入らないので、僕は牛ミンチや合い挽きミンチを使っている。

ベニシアと一緒に生活を始めて間もない頃に、彼女はこのパイを作ってくれた。そのオーブンという西洋調理器具をベニシアは当たり前のように使いこなしていた。ベニシアは簡単そうに作ったが、出来上がったシェパーズ・パイの生地であるマッシュポテトの表面は、ベニシアがフォークで波目模様を作り、それがオーブンの熱で茶色にパリッと焦げて、口当たりが良かった。マッシュポテトの下にあるトマトで味付けしたジューシーなミンチと混ぜて食べるのが美味い。「これこそが西洋人の作る、本格的な西洋料理というものなのか」と僕はカルチャーショックを受けた。

イギリスの羊飼いの生活に思いを馳せる。日本ではあまり羊を見かけないし、僕はジンギスカンぐらいしか食べたことがなかった。日本の人口は1億2330万人に対し、日本の羊の数は1万5千頭しかいないので、僕たち日本人があまり食べないのは当然かも。一方、イギリスの人口は6770万人に対し、イギリスの羊は3270万頭もいる。

*

じゃが芋で知ったイギリス人のこだわり

その後、息子の悠仁が生まれた。僕たち3人はテント泊をしながら車で移動して、イギリスやアイルランド各地を旅行して回った。毎日、夕方になるとパブでビールを飲みながら食事をする。ビールはラガーや茶色や黒いギネスなど種類はたくさんあるし、僕は英語が不自由なので、注文するときはいつも緊張した。肉や魚料理を注文すると、付け合わせのじゃが芋は、ボイルドポテト、フライドポテト、ローストポテト、マッシュポテトのどれにするかと毎回必ず聞かれた。日本だと必ずご飯が出るが、イギリスのパブではご飯ではなくて、必ずじゃが芋なのだ。現地で毎日のようにじゃが芋の4種の調理法について問われ続けると、この人たちのじゃが芋に対するこだわりは、かなりのものだと思われた。

これ1品だけでも、シェパーズ・パイだと満足できる。サラダを添えるとさらに健康的だ。

朝と昼は別だけど、イギリスの夕食では必ずじゃが芋がでる。

イギリスを旅すると、どこでも放牧の羊が見られる。

夏のある休日の昼食は、シェパーズ・パイと紫蘇ジュース。緑に囲まれた軒下のテラスで。

Recipe

シェパーズ・パイ（4人前）

材料

じゃが芋…600g
マトンまたはラムミンチ…300g
牛乳…100cc
玉葱…1/4個
人参…中1本
にんにく…2片
トマトピューレ…大さじ4
スープストック…2/3カップ
オリーブオイル…大さじ2
タイム…適宜
バター…大さじ2
塩・胡椒…少々

作り方

❶玉葱、人参、にんにくをみじん切り、じゃが芋の皮をむいて乱切りにする。

❷①の玉葱、にんにく、人参をオリーブオイルを入れた鍋で炒め、さらにマトンも炒めたら、トマトピューレ、タイム、スープストック、塩・胡椒で味付けする。

❸水に塩を入れた鍋で①のじゃが芋を茹で、火が通ったら湯を切って潰す。バター、牛乳、塩・胡椒を加えてマッシュポテトを作る。

❹オーブンバットに②の具を敷き、その上に③のマッシュポテトのパイ生地を被い、表面にフォークで波形を付けたら180度のオーブンで20分程焼く。表面がきつね色になれば完成。

ベニシアを虜《とりこ》にした「ハライ！ グッダイ！」の食べ物

フィッシュ＆チップス（タラの唐揚げとフライドポテト）

英語の発音に惑わされる日々

初めてベニシアとイギリスへ行ったときのことである。車を借りようと空港近くのレンタカー屋へ入った。「ハライ！　グッダイ！」と女性の店員が話しかけてきたので、僕も同じ言葉を返してみた。そして僕はその女性から覚えた発音がより自然なのだと思い、旅行中ときどき口にした。するとベニシアに言われた。

「そんな変な発音で話さないでよ。それって下町の人々の喋り方よ。ハロー！　グッデイ！　が普通の喋り方よ」と言うのである。僕はちょっとだけ現地に馴染んだつもりでいたが、それはどうも貴族階級のベニシアの話し方とはかなり違ったようだ。ベニシアが貴族社会の人々に会うと、仮面ライダーが変身するように、とつぜん喋り方が変わった。なんだか鼻にかかったような発音とアクセントになるのであった。

以前、京都で旅行中のオーストラリア人と話したことがある。その人は「スリーダイ、フォーダイ」とか言うので、僕は漠然と3人か4人の人が死んだのかと思った。でも続く話によると、さらに次々と人が死んでいくのである。20人近くが亡くなった頃に、ようやく僕は気がついた。「ダイ」とは「デイ」のこと、つまり日のことだった。「ハライ！　グッダイ！」もそれと同じような発音ということなのだろう。

僕と出会って初めて口にした庶民の味

さて僕はイギリスの庶民的な食べ物を食べてみたいと思っていた。その代表格がフィッシュ&チップスである。イギリスは日本と同じように海に囲まれた国なので、海産物が豊かだろうと想像した。ところが、市場へ行きそこで目にする魚は、タラ、鮭、鱒くらいしかなかった。様々な魚介類が獲れるはずなのに、なんでこれっぽっちの種類しかないのだろうか。その上、イギリス人なのにベニシアは、フィッシュ&チップスを食べたことがないという。どうもそれは「ハライ！　グッダイ！」の一般庶民に人気の食べ物で、貴族出身の女性は口にしにくいのかも。

その辺の街角のどこにでもあるような店で、僕はフィッシュ&チップスを買ってみた。白身魚の天ぷらと唐揚げの中間のような揚げものに、フライドポテト、レモン、タルタルソースかケチャップと塩が付いてくる。紙袋に入ったそのスナックをそこらで立ち食いするのがいい。僕はこの買い食いがクセになった。店によって微妙に味が違った。人気の店

ビールとベーキングパウダーで、ふっくらと厚みのある衣がポイント。

タルタルソースもいいが、あっさりとポン酢で食べてもおいしい。

イギリス南部コーンウォール地方の港町。ベニシアの父親はこの地方の出身。

フィッシュ＆チップスの人気店。魚が新鮮で美味かった。

コーンウォール地方の夕焼けの海岸。イギリス人夫婦が泳いでいた。

はやはりおいしかった。イギリスの庶民フードなのに、初めのうちは警戒して口にしなかったベニシアも、だんだん食べるようになった。それから数年後、イングリッシュ・ガーデン・ツアーを企画したベニシアは、ツアーに参加した日本人のご婦人達をフィッシュ＆チップス店に連れて行くまでに変わっていた。

Recipe

フィッシュ＆チップス（4人前）

材料
鱈や鮭など…200g
じゃが芋…200g
塩、小麦粉…少量
揚げ油
レモン

衣の材料
薄力粉と片栗粉…各20g ずつ
ベーキングパウダー…小さじ1/4
塩…少量
ビール…60cc

作り方
❶じゃが芋は皮付きのまま、くし切りにして、水にさらしておく。
❷衣の材料を混ぜて、塩と小麦粉をまぶした鱈や鮭につけて揚げる。
❸①のじゃが芋もあげる。
❹②と③を皿に盛り付けて、レモンとタルタルソースを添える。

ベニシアが幼いころに暮らした、スペインの懐かしい味

魚介のパエリア

スペインの魚介料理が好きだった

ベニシアの母、ジュリーは生涯で4回結婚した。「私の若い頃は、自由恋愛なんてあり得ないから、好きになったら結婚するしかなかったの。だから、私は恋に落ちるたびに結婚を繰り返したのよ」と母。

ベニシアにとって3番目の父となるダドリーと母は1956年にスペインで結婚し、バルセロナに近いシッチェス村で一年間暮らした。イギリス人のダドリーはスペインにも別荘を持っていたのだ。ベニシアは弟チャールズと地元カトリック教会の幼稚園に通い、シスターからスペインの歌などを習っていた。スペインは一年中温暖なので、ベニシアの家族は中庭のパティオでよく食事をした。市場ではイギリスと比べものにならないほど多くの種類の魚介類や豊富な野菜が並び、ベニシアはスペインの食べ物が大好きになった。特に魚介のパエリアとリゾットが気に入ったらしい。

僕は初体験、ベニシアには思い出の味

話は変わるが、僕の前妻Tはベニシアの友人だった。前妻は旅の途中でスペイン人男性と一緒になり、僕の元には戻らなかった。だから僕はいまベニシアと一緒にいるわけだが、当時はどうしていいかわからず複雑な気持ちだった。

ある日、大原の我が家にベニシアはT夫妻に遊びに来るよう誘った。するとパエリアパンと材料を持ってきて、魚介のパエリアを作ってくれた。彼らに会うのは、ちょと気が重い。でもこれは西洋式のやり方なのかと、僕は前向きに彼らと会うことにした。その日、僕は生まれて初めてパエリアを食べた。おいしかった。ベニシアは幼い頃に過ごしたスペインを懐かしんでいる。それ以降、僕の料理のレパートリーに、パエリアが新たに加わることになった。

出来上がった魚介のパエリア。パセリやセロリの葉、レモンで飾るといい。

Recipe

魚介のパエリア（4人前）

材料

エビ…12
ホタテ…8
イカ…適量
鮭…切り身4
玉葱…1コ
にんにく…2カケ
トマト缶…100cc
パプリカ…1コ
米…2カップ
水…2カップ
白ワイン…1カップ
オリーブオイル…大さじ3
サフラン…ひとつまみ
塩…大さじ1/3

作り方

❶魚介とパプリカは食べやすい大きさに、玉葱とにんにくはみじん切りにする。
❷サフランを水に浸けておく。
❸パエリアパンに①をオリーブオイルで炒め、魚介類を別容器に取り出す。
❹洗っていない米を③に入れて炒め、トマト缶、②、白ワイン、塩を加えて強火で5分炊く。
❺別容器に入れておいた魚介類を④のパエリアパンに戻し、アルミ箔をかぶせて弱火で12分間ほどで出来上がり。

パティオを思い出して、ベニシアが作ったスパニッシュ・ガーデンのコーナー

スパニッシュ・ガーデンの井戸の壁に、ベニシアは陶片でモザイクした。

僕とベニシアをつないだインドの思い出のスナック

サモサ

24歳ではじめたインドカレーの店にやってきたのは・・・

インドのサモサは、カレー味に調理したじゃが芋、豆、玉葱などを小麦粉の生地に包んで油で揚げたスナックである。「カレー味の揚げ餃子」と言えば解りやすいだろうか。インドでは街中のスナック店や市場の露店など、どこでも安く買えて、小腹が減ったときに立ち食いできる。インド旅行中に僕もサモサをよく食べた。食べているとそこらのオッサンがよく話しかけてきた。すると、すぐに近くにいるヒマジン達も話に加わってきた。サモサは中央アジアまたはペルシアが起源で、13〜14世紀頃にインドに伝わった。中世ペルシア語のsanbosag（三角形のペイストリー）が語源らしい。

1984年、自分探しが目的でインドとネパールを8ヶ月間歩き回って帰国した僕は、暮らしていた学生アパート4畳半の3部屋の壁をぶち抜いてインドカレー屋を始めた。僕が24歳のときである。「こんな店、来る客は少ないだろう。よほどの物好きしか入らないだろう」と思いつつも、始めてみた。ある日、ベニシアというイギリス人女性が、日本人

固めの生地にするのがいい。

サモサの材料。基本的にじゃが芋たっぷりなインドのベジタリアン料理だが、ミンチなど肉を入れて日本風にアレンジしても美味い。

円錐状の生地の袋に具材を詰める。

余分な水分は煮詰めてとばす。

揚げたサモサ。好みでトマトケチャップを添える。

の夫と3人の子供を連れてやって来た。

小学生の子供達は「インドカレーなんか嫌だ。ピザが食べたい！」と大声で叫んでいた。サモサ6個をオーダーされたので、皆で分けて食べるのかと思って、まず最初に出した。ところが、それを夫がひとりで全部食べて、どこかへ消えてしまった。落ち着きのない子供達は、おとなしく座ってはいなかった。テーブルの周囲はカレーやご飯が飛び散り、しかもたくさん料理を残した。以前からベニシアのいい噂を何度か聞いていたが、子供達はちゃんと躾けられてない。不思議なことで、それから7年後に僕はベニシアと共に生活するようになる。そして、3人の子供達とも関わるようになるとは…。

ベニシアもまた懐かしい味に青春の日々を重ねた

ベニシアは19〜20歳の1970年に5ヶ月間、インドに滞在した。僕の店でインドカレーを食べて、懐かしかったという。彼女はガンジス川上流にあるヒンドゥー教聖地ハリドワールにあるアシュラムで、瞑想する日々を送った。アシュラムでの生活では守るべきルールが多く、ある時期彼女はそこを逃げ出した。色つきのサリーを着ていたことを咎められてのことらしい。そこでは真っ白のサリーしか許されなかったのだ。ベニシアと友人のシュー、ジュリエンヌの3人の西洋人女性たちはヒラヒラとそこらを飛び回り、何をやらかすかわからない「三匹の蝶」と言われていた。アシュラムを飛び出したベニシアは、そこらの街角できっとサモサを食べたことだろう。ネパールでしばらく過ごしたベニシアは、再びアシュラムに戻った。それからイギリスへは帰らずに、さらに東の日本を目指したのであった。

Recipe

ポテトサモサ(約14個)

材料

じゃが芋…250g
グリンピース…50g
玉葱…1/2個
トマト缶…100cc
アジョワンシード(あれば)…大さじ1
カレー粉…小さじ1

生地

薄力粉または完全小麦粉…200g
サラダ油…大さじ2
塩…小さじ1/2
水…60cc

作り方

❶生地の材料をこねる。
❷じゃが芋、玉葱の皮をむいてサイコロ状に切る。
❸油少々の鍋で玉葱とアジョワンシード、カレー粉を炒める(アジョワンがなければカレー粉を増やす)。じゃが芋、グリンピース、トマト缶、水、塩を入れて柔らかくなるまで煮詰める。
❹ひとつにつき40gの生地をのばして半分に切る。その半月状の生地で円錐の袋を作り、継ぎ目は水を塗りくっつける。
❺④の中に③の具を詰めて、生地の一端で蓋をして三角形にする。それを180度の油で揚げる。

ベニシアの「おいしい」をもう一度聴きたい、あの笑顔が見たい！

サンデー・ロースト

理想の焼き加減にたどり着いた時には…

サンデー・ローストとは、ローストした肉にグレイビー・ソースをかけて、ヨークシャー・プディングとじゃが芋や野菜の付け合わせを皿に盛ったイギリスの伝統的な料理である。日曜日の昼食に食べる肉のローストなので、この名がついた。農地の地主が雇っている農民たちの労働を労うために、日曜日に肉のローストを振る舞ったのがサンデー・ローストの始まりといわれている。

肉はビーフに限らない。ポークやチキン、ダックや羊肉もある。ベニシアとイギリスを車で旅行していたとき、日曜日の午後にパブでよく食べた料理だ。無心に食べる幸せなベニシアの顔が忘れられない。

ヨークシャー・プディングはサンデー・ローストの付け合わせの定番である。プディングといっても甘くはない。厚みのあるシュークリームの皮のようなパンみたいなもので、けっこう簡単に作れる。

簡単なのにうまくいかないのが肉の焼き加減である。レアからミディアムぐらいに火が通ったロースト・ビーフを食べたいのに、出来上がって切ってみるといつもウェルダンになっていた。おそらく肉の塊が小さいのが焼き過ぎる原因だと思うが、でかい塊の牛肉がなかなか手に入らない。オーブンやダッチオーブン、薪ストーブといろいろ道具を変えてみたが、毎回焼き過ぎた。ロースト・ビーフ作りの達人を目指していたのに…。とうとう僕は諦めて、ネットで見つけた調理法でやってみた。まずフライパンで牛肉に焦げ目を付けた後、その肉をビニール袋で二重に包む。大鍋に入れた一定温度のお湯（正確に温度を合わせる必要がある）の中に、その袋に入れた肉を一定時間入れて取り出す。この方法を始めてから、焼き過ぎたことはない。

ミディアムのロースト・ビーフに僕が挑戦していたのは、ベニシアがいた施設がコロナのため面会禁止になっていたときである。ようやくロースト・ビーフを僕が作れるようになったときは、ベニシアはすでに食事ができない身体になっていた。ロースト・ビーフを無心に食べる、幸せなベニシアの顔を見ることはかなわなかった。

Recipe

ロースト・ビーフ（作りやすい分量）

材料

牛もも肉…500g
塩と胡椒…適量

グレイビー・ソースの材料

砂糖…小さじ1
みりん…大さじ2
醤油…大さじ1
酢…小さじ1/2
赤ワイン…大さじ2

作り方

❶牛肉を常温にしておき、塩と胡椒をふり、フライパンで焼いて全面に焦げ目をつける。
❷①の肉を1分間ぐらい粗熱を取り、二重のビニール袋に入れて密閉する。
❸60度のお湯を大鍋に入れ、その中に②の肉を40分間浸ける。浮いてこないように肉を何かで押さえて、お湯が冷えないように鍋に蓋をする（火にはかけない）。
❹袋から肉を取り出し、①のフライパンにビニール袋に溜まった肉汁とソースの材料を入れてトロリとなるまで煮詰めてグレイビー・ソースを作る。

ヨークシャー・プディング（6個分）

材料

薄力粉…100g
卵…2個
牛乳…100cc
塩…少し

作り方

❶材料をボウルに入れて混ぜる。
❷マフィン型はオーブンで暖めておく。その中に多めのサラダ油（1㎝ぐらい）と①の生地を入れて200度で15～20分間焼く。

＊スライスしたロースト・ビーフとヨークシャー・プディング、ポテトや人参、アスパラなど調理した野菜を添える。ロースト・ビーフにグレイビー・ソースをかけて出す。

ヨークシャー・プディングの材料を混ぜる。

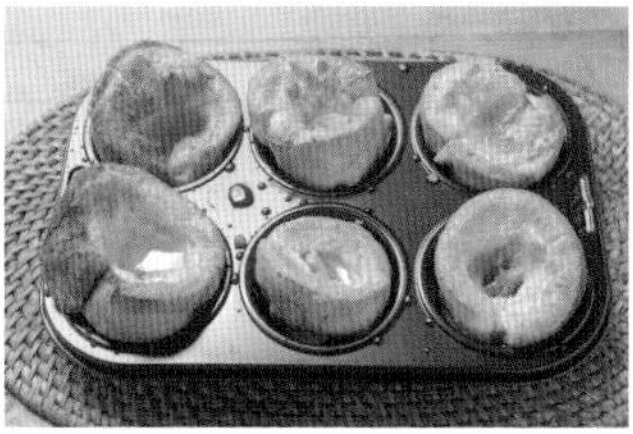

オーブンでこんがり焼いた、ヨークシャー・プディング。

ロースト・ビーフの材料。グレイビー・ソースを作るときに玉葱やニンニクのみじん切りを炒めて混ぜてもいい。好みで。

皿に盛り付けたサンデー・ロースト。イギリスでは肉をわりと厚めに切るのが普通。

あとがき

この本を書くのは辛かった。書けないかもしれないと思った。でも、なんとかたどり着いた。ベニシアと僕、そして深く関わってくれた家族や友人たち、それに医療関係の人々の想いや体験が、この本を手に取ってくれた皆さんと共有できれば、僕は何よりも嬉しい。

この本を書き始めたのは9月1日。僕にとって辛い4ヶ月間だった。ベニシアが夏至の朝に死去して、7月と8月の間、僕は脱け殻状態だった。ベニシアのあとを追って、僕も死ぬつもりでいた。でも、できなかった。命を大切に思い、一生懸命に最後の最後まで生き抜くことの尊さを、ベニシアは身をもって僕に教えてくれた。僕も残りの人生を、ベニシアがやったように人々のために使うべきだ。そうすれば、神となったベニシアのそばに、僕も行くことができるだろう。

そんなことを考えていた9月1日に、編集者の藤井さんから「原稿を書いてください」という電話をもらった。

そして僕は、新たな人生を歩み始めた。書くために記憶をたどる。思い出すと涙が流れた。本に載せるベニシアの写真を探していると、再び涙が流れた。また、発作的に「僕は悪かった」と思い、突然泣けた。人生でこれほど長い間、泣く回数が多い日々が続いたのは、泣くことと笑うことが仕事のような赤ちゃんの頃以降で初めてであった。

ベニシアを支えてくれた医療や介護関係の皆さんに深く感謝する。『京都の訪問診療所おせっかい日誌』（幻冬舎）の舞台でもある渡辺西賀茂診療所の渡辺先生。ご主人も介護が必要なのに、毎日の仕事も介護の、ケアサポートいちえの高山さん。赤い新車に乗って朝8時に介護に来てくれた平井さん。訪問入浴介護ナチュラリーケアの「偽のタダシ」こと陽気な隈元直さん。御自身も高齢なのに、負けずに原付バイクで京都中の高齢者を回る、かんご屋ボスの黒田さん。小さいけれど力持ちの大原在住の齊藤さん。市原在住のベテラン看護師本嶋さん。夏至の早朝に駆けつけてベニシアを見てくれたキッチャン。アメリカ滞在中の約1ヶ月で15kgも太ったユカボン。バスケットボールを片手で掴む、京都で一番大きな手の中村さん。苗字が一緒なので、僕が勝手に親戚扱いしている春奈さん。優しい顔がまん丸な可愛いマルちゃん。そして「ベニシアさんを家に連れて帰りなさい」と僕を後押しして、ベニシアと僕の人生を変えたバプテスト病院の湊先生。

この8年間の介護生活を通して、人を深く愛することと信じることの尊さを、ベニシアが教えてくれた。皆さん、長い間、ほんとうにありがとうございました。

２０２３年12月冬至のころ

梶山 ベニシア（ベニシア・スタンリー・スミス　Venetia Stanley-Smith）

ハーブ研究家。1950年イギリスのロンドンに生まれる。裕福な貴族家庭で育つが、思春期の頃には様々な疑問を抱いて、19歳の時に自己探求のためインドへ旅立つ。聖地ハリドワールのアシュラムで約5ヶ月間、瞑想の日々を送ったあと、1971年にほぼ無銭で日本を目指した破天荒な若者だった。1974年に日本人と結婚して3児を育てる。1978年に京都で英会話スクールを始める。1992年梶山と再婚して末っ子の悠仁が生まれる。1996年に大原の古民家へ引っ越して、そこにハーブ園を作った。2007年に出版した『ベニシアのハーブ便り』（世界文化社）が注目され、NHKドキュメンタリー番組『猫のしっぽカエルの手』が始まる。番組は続いたが、ベニシアはPCAという病気と闘い、2023年6月に死去した。

梶山 正

写真家。1959年長崎に生まれる。1984年、24歳の時に自分を変えたいと思いインドを8ヶ月間さまよった後、暮らしていた京都岩倉の学生アパートを改造して、インドカレー屋DiDiを始める。ベニシアはDiDiの客。当時、梶山は別の女性と５年間結婚したあと離別。落ち込んでいたときに「大丈夫なの？」と訪ねてくれたベニシアと再婚。登山のことしか考えない日々が、ベニシアの影響で物の見方が少しずつ変わっていった。ベニシアがPCAと診断された2018年から本格的にケアする日々が始まる。ベニシアと正が必死に生きた日々を、この本を通して皆さんに伝えたいと一気に書き上げた。ベニシアとの主な共著に『ベニシアと正、人生の秋に』（風土社）など。

編集　藤井文子
装丁・本文デザイン　岡 睦

ベニシアの「おいしい」が聴きたくて

2024年3月1日　初版第1刷発行
2024年3月15日　初版第2刷発行

著　者　梶山 正
発行人　川崎深雪
発行所　株式会社 山と溪谷社
〒101-0051　東京都千代田区神田神保町1丁目105番地
https ://www.yamakei.co.jp/

印刷・製本　株式会社 光邦

◉乱丁・落丁、及び内容に関するお問合せ先
山と溪谷社自動応答サービス TEL.03-6744-1900
受付時間／11：00～16：00（土日・祝日を除く）メールもご利用ください。
【乱丁・落丁】service@yamakei.co.jp
【内容】info@yamakei.co.jp
◉書店・取次様からのご注文先　山と溪谷社受注センター　TEL.048-458-3455 FAX.048-421-0513
◉書店・取次様からのご注文以外のお問合せ先　eigyo@yamakei.co.jp

＊定価はカバーに表示してあります。
＊乱丁・落丁などの不良品は送料小社負担でお取り替えいたします。

Printed in Japan ISBN978-4-635-58045-8